KB113563

토니오 크뢰거

일러두기
- 이 책은 Thomas Mann, 『*Tonio Kröger*』(Project Gutenberg, 2007）을 참고했습니다.
- 이 책은 원작을 완역한 것입니다.

토니오 크뢰거

토마스 만 지음

킴

토마스 만

토마스 만이 문학에 심취했던 19세기 말과 20세기 초는 문학적으로나 사상적으로나 격랑의 시기였다. 문학에서는 신고전주의 · 인상주의 · 신낭만주의 · 상징주의뿐 아니라 표현주의 · 초현실주의 · 다다이즘 등이 다양하게 밀어닥치고 있었고 프로이드의 정신분석학, 마르크시즘이 맹위를 떨치고 있었다. 한편 20세기와 함께 발발한 제1차 세계대전은 지식인들을 반성과 논쟁과 모색의 소용돌이에 빠지게 만들었다. 토마스 만은 그러한 정치사회적 · 사상적 소용돌이 속에서 굳건하게 민주주의의 길을 옹호했다.

토마스 만의 여름 별장

리투아니아의 전통 목조 가옥으로 토마스 만이 여름 별장으로 머물던 곳이다. 리투아니아의 니다에 있다.

『부덴브로크가의 사람들』

토마스 만이 지은 대하 소설로 1917년에 출간한 책 표지 이미지다.
그는 1900년에 『부덴브로크가의 사람들』을 출간하며 1903년에 『토니오 크뢰거』를 발표했다. 그가 28세
되던 해였으며 『토니오 크뢰거』는 『부덴브로크가의 사람들』과 짝을 이루는 작품이면서 동시에 그때까지
의 작가의 삶을 온전히 반영하고 있는 것으로 알려져 있다. 그는 1929년 『부덴브로크가의 사람들』로 노
벨 문학상을 수상했다.

토니오 크뢰거 차례

제1장

　겨울 해가 층층구름 뒤로 모습을 감춘 채 벽들이 다닥다닥 붙어 있는 도시 위로 유백색의 희미한 빛만을 내리쪼이고 있었다. 박공을 한 지붕들이 늘어서 있는 골목길은 축축하게 젖어 있었고 바람이 불어왔다. 그리고 이따금 얼음도 아니고 눈도 아닌, 싸락눈 같은 것이 내렸다.

　학교 수업이 끝났다. 수업에서 해방된 아이들 물결이 포장된 운동장을 지나 쇠창살 문 밖으로 나오더니 좌우로 흩어져 각자 제 갈 길을 갔다. 키 큰 학생들은 책가방을 왼쪽 어깨까지 멋지게 높이 치켜 맨 채 오른팔을 마치 바람에 맞서 노를 젓듯이 흔들며 점심을 먹으러 집을 향해 가고 있었다. 키 작은 아이들은 쾌활하게 종종 걸음을 하며 눈 녹은 물을 사방으로 튕겼고 바다표범 가죽으로 만든 책가방 안에서 학용품들이 덜그럭거렸다. 하지만 가끔 보탄 모자(챙이 넓은 중절모자)를 썼거나 주피터 수염을 기른 선생님을 만나면 일제히 모자를 벗고 공손히 인사했다. 인사를 받은 선생님은 점잖은 발걸음으로 멀어져 갔다.

"한스, 이제야 오는 거니?"

차도에서 오랫동안 그를 기다리고 있던 토니오 크뢰거가 물었다. 그는 미소를 지으며 친구에게 다가갔다. 한스는 다른 친구들과 이야기를 나누며 학교 교문을 나서더니 이내 아이들과 함께 토니오를 스쳐 지나가는 중이었다.

"왜 그러는데?"

한 소년이 물으면서 한스를 바라보았다.

"아, 참. 그렇지! 그래, 우리 둘이 같이 산책하기로 했지."

토니오는 아무 대답도 하지 않았다. 그의 두 눈이 흐려졌다. 아니, 오늘 방과 후에 둘이 함께 산책하기로 했던 약속을 잊었단 말인가? 토니오 자신은 약속을 하고 나서 내내 그토록 설레는 마음으로 기다렸는데!

"그럼, 얘들아 잘 가!" 한스가 친구들에게 말했다. "크뢰거랑 한 바퀴 돌아볼게."

그런 후 둘은 왼쪽으로 방향을 잡았고 다른 아이들은 오른쪽으로 빈둥거리며 걸어갔다.

한스와 토니오는 방과 후에 산책할 수 있는 시간적 여유가 있었다. 두 아이의 집 모두 오후 4시가 되어서야 정찬(正餐)을 들기 때문이었다. 그만큼 여유 있는 집안의 아이들이었다. 두 아이의 아버지는 모두 거상(巨商)으로서 여러 공적인 일도 맡고 있는 이 도시의 유지들이었다.

한젠 집안은 이미 몇 세대 전부터 강가에 커다란 목재소들을 소유하고 있었다. 그곳에서는 윙윙, 쉭쉭 소리가 울리는 가운데 강력한 기계톱들이 통나무들을 잘라내고 있었다. 토니오의 아버지는 영사(領事)이기도 했으며 그가 경영하는 회사의 굵고 커다란 마크가 찍혀 있는 곡물 자루를 실은 마차들이 매일 거리를 오가는 모습을 볼 수 있었다. 또한 토니오의 선조 때부터 대대로 살아온 거대한 고택(古宅)은 도시 전체에서 가장 아름다운 집이었다.

길을 걸으면서 두 아이는 쉴 새 없이 모자를 들어 올려 인사를 해야만 했다. 길을 가는 내내 아는 사람들을 자주 만난 때문이었다. 심지어 어떤 사람들은 열네 살 밖에 안 된 이 아이들에게 먼저 인사를 하기도 했다.

둘 다 책가방을 등에 메고 있었으며 따뜻하고 좋은 옷차림이었다. 한스는 짧은 해군 작업복을 입고 있었는데 폭넓은 푸른색 외투 칼라가 어깨와 등까지 늘어져 덮고 있었다. 토니오는 허리띠를 두른 외투를 입고 있었다. 한스는 짧은 리본이 달린 덴마크식 선원 모자를 쓰고 있었으며 모자 밖으로 옅은 금발 뭉치가 삐져나와 있었다. 그는 뛰어나게 귀엽고 잘생긴 데다 어깨는 떡 벌어지고 허리는 가늘었다. 그리고 강철처럼 강인한 푸른 눈은 날카로운 빛을 거리낌 없이 뿜어내고 있었다. 반면에 둥근 털모자를 쓰고 있는 토니오의 얼굴은 갈색이었으며 남국적인 섬세한 용모를 띠고 있었다. 그의 섬세하게 그늘진 검은 눈은 너무 무거워 보이는 눈꺼풀 아래에서 꿈꾸는 듯, 혹은 주저하는 듯한 기색을 보였다……. 그의 입과 턱의 윤곽은 보기 드물 정도로 섬세했다. 토니오가 나른하고 불규칙적인 걸음걸이로 걸어가고 있는데 반해 한스는 아주 경쾌하고 규칙적인 걸음걸이였다.

토니오는 아무 말이 없었다. 그는 괴로워하고 있었다. 그는 약간 비스듬한 눈썹을 찌푸린 채 마치 휘파람을 불 듯 입술을 동그랗게 오므리고 고개를 기울여 옆쪽 먼 곳을 바라보고 있었다. 그만의 독특한 자세이고 표정이었다.

한스가 갑자기 자신의 팔을 토니오의 겨드랑이에 끼며 은밀하게 그를 쳐다보았다. 사태를 정확히 파악하고 있었기 때문이었다. 토니오는 여전히 입을 열지 않고 있었지만 몇 걸음 더 걸어가는 사이 기분은 상당히 누그러졌다.

한스가 눈길을 내리깔고 발밑의 보도를 바라보며 말했다.

"사실은 약속을 잊은 게 아니야, 토니오. 다만 날씨가 너무 축축하고 안 좋으니까 오늘은 별로 적당한 날이 아니라고 생각한 거야. 하지만 상관없어. 이런 날씨에도 네가 나를 기다려줘서 고마워. 나는 네가 집으로 가버렸다고 생각하고 화가 나 있던 참이었거든."

한스의 말을 듣고 토니오는 너무 기뻐서 펄쩍 뛰고 싶은 기분이었다. 토니오가 말했다.

"그래, 그러면 성곽 길을 걷기로 하자. 뮐렌 성곽 길과 홀스타인 성곽 길을 걷는 거야. 그런 후 내가 네 집까지 데려다줄게. 나 혼자 돌아와야 하겠지만 상관없어. 다음에는 네가 나를 데려다주면 되잖아."

사실 토니오는 한스의 해명을 그다지 믿지 않았다. 그리고 이 둘만의 산책을 한스가 자신의 절반만큼도 중시하지 않고 있다는 것도 잘 알고 있었다. 하지만 어쨌든 한스는 자신이 약속을 깜빡했다는 것을 후회하고 있었고 자신을 달래려 하고 있다는 것도 알 수 있었다. 토니오는 한스와의 화해를 늦추고픈 생각은 추호도 없었다.

사실 토니오는 한스 한젠을 사랑하고 있었고 이미 한스 때문에 여러 번 고통을 겪었다. 가장 많이 사랑하는 자가 가장 큰 패배자이며 고통을 겪어야만 하는 법이다. 열네 살 된 토니오의 영혼은 이미 이 단순하면서도 쓰린 교훈을 실제의 삶에서 배웠다. 그는 이런 종류의 경험을 눈여겨보고는 마음속에 새겼다가 거기서 어느 정도의 즐거움까지 느끼는 성격의 소유자였다.

하지만 그 결과 그 경험에 맞추어 행동하거나 그 경험에서 현실적으로 유익한 것을 이끌어내지는 않았다. 또한 그는 학교에서 억지로 배워서 알게 되는 것보다는 그런 식으로 배우는 교훈을 훨씬 중요하고 흥미롭게 여겼다. 그는 고딕식 둥근 지붕 건물 교실 안에서 대부분의 수업 시간을 경험으로 배운 것들을 반추하면서 그 의미를 곰곰이 생각하는 데 보냈다.

그는 그런 일에 몰두하면서 커다란 만족감을 느꼈다. 그 만족감은 그가 자기 방에서 바이올린을 들고 왔다 갔다 하면서 (그는 바이올린을 켤 줄 알았다) 그가 한껏 공들여 내고 있는 부드러운 소리가 저 아래 정원 해묵은 호두나무 가지 아래서 춤을 추며 솟아오르고 있는 분수 물줄기의 찰랑거리는 소리와 뒤섞일 때

느끼는 만족감과 아주 비슷했다.

그는 그 분수, 그 해묵은 호두나무, 그의 바이올린, 여름방학이 되면 찾아가 여름날의 꿈에 귀를 기울일 수 있는 저 멀리 발트해를 사랑했다. 말하자면 그는 그런 것들에 둘러싸여 있었고 그것들 사이에서 그의 내면의 삶이 펼쳐졌다. 그 이름들은 시에 걸맞은 것들이었고 토니오 크뢰거가 이따금 짓는 시에서 늘 새롭게 등장하곤 했다.

실제로 그에게는 자작시를 적어 놓은 노트가 한 권 있었다. 그리고 그의 실수로 주변에 그 사실이 알려지는 바람에 친구들이나 교사들로부터 꽤 많은 놀림을 당했다. 한편으로는 크뢰거 영사의 아들은 그런 일로 화를 내는 건 어리석고 저속한 짓이라고 여겼다. 그는 친구들이나 교사들의 생각을 멸시했다. 그는 그들의 나쁜 생활 태도를 혐오했고 그들 개개인이 지니고 있는 약점들을 꿰뚫고 있었다. 하지만 또 다른 한편으로는 시를 쓰는 짓은 엉뚱한 짓이며 솔직히 천박한 짓이라고 스스로도 판단하고 있었기에 그 짓을 이상한 짓이라고 생각하는 사람들이 어느 정도 옳다고 인정할 수밖에 없었다. 그렇지만 그 생각이 그의 시 쓰기를 중단시킬 만큼 강력하지는 않았다.

토니오는 집에서는 하릴없이 시간을 보냈고 수업 시간에도 태만하고 산만했으며 교사들에게도 잘못 보였기에 늘 비참하기 짝이 없는 성적표를 집으로 가져올 수밖에 없었고 아버지는 무척 화를 내며 걱정했다. 생각에 잠긴 듯한 푸른 눈의 그의 아버지는 항상 들꽃 한 송이를 단춧구멍에 꽂고 다니는 키 크고 섬세한 옷차림의 신사였다. 하지만 토니오의 어머니에게는 성적표 같은 것은 아무래도 좋았다. 콘수엘로라는 이름의 그의 어머니는 검은 머리의 아름다운 여자였다. 그의 아버지가 지도 상에서 아주 남쪽에 있는 나라에서 데려온 그의 어머니는 이 도시의 다른 여자들과는 사뭇 달랐다.

토니오는 피아노와 만돌린을 기막히게 연주하는 검은 머리의 정열적인 어머니를 사랑했으며 자신이 사람들 사이에서 별로 좋지 않은 평판을 받고 있는 것에 대해 어머니가 별로 마음 아파하지 않아서 더욱 좋았다. 하지만 한편으로 비록 야단을 맞을지언정 아버지의 분노가 훨씬 점잖고 존경할 만하다고 느꼈으며 아버지의 말씀이 다 옳다고 생각했다. 반면에 어머니의 차분하고 무관심한 태도는 다소 경박하게 여겨졌다.

그는 때로는 이렇게 생각했다.

'나는 주의력도 산만하고 고분고분하지도 않으며 다른 사람들은 아무런 관심도 두지 않는 일에 마음을 쓰고 있다. 하지만 지금 그대로의 내 모습으로 충분하다. 그런 나를 바꿀 수도 없고 바꾸고 싶지도 않다. 그러니 최소한 누군가 나를 꾸짖고 진지하게 벌주는 게 마땅하다. 그저 입맞춤이나 음악으로 적당히 넘어가는 건 옳지 않다. 우리는 초록색 마차를 타고 떠도는 집시가 아니잖은가. 우리는 진지한 사람들이며, 크뢰거 영사의 가족이고 크뢰거 가문 사람들이다.'

그는 때로는 이런 생각도 했다.

'나는 도대체 왜 이렇게 유별난 아이일까? 왜 사람들과는 충돌만 하고 선생님들과는 사이가 좋지 않으며 친구들 사이에서는 낯선 이방인처럼 되는 걸까? 성실하고 평범한 아이들을 보라지. 걔들은 선생님을 우습게 보지도 않고 시도 쓰지 않으며 모든 사람들이 하는 생각, 모든 사람들이 큰 소리로 말할 수 있는 것만 생각할 뿐이다. 다른 사람들과 편하게 지내며 같은 의견을 나누고 있다! 그렇게 지낸다면 정말 기분 좋을 텐데……. 그런데 나는 이게 뭐야? 앞으로 어떻게 되자는 거지?'

토니오가 자기 자신과 자기 자신의 삶을 이런 식으로 보고 있다는 사실이 한스 한젠을 향한 그의 사랑에 큰 영향력을 미쳤다. 그가 한스를 사랑한 이유는 우선 그가 잘생긴 때문이었고 이어서 한스가 모든 점에서 자신과는 정반대인 때문이었다.

한스 한젠은 뛰어난 모범생인 데다 유쾌한 친구였다. 그는 마치 영웅처럼 말을 잘 탔고 체조, 수영도 잘했으며 모든 사람들에게 인기가 있었다. 교사들은 거의 애정에 가까운 호감을 그에게 지니고 있었으며 성을 빼고 이름으로 그를 불렀고 매사에 그를 격려하고 칭찬하기에 바빴다. 친구들은 너나없이 그의 호감을 사려고 애썼으며 길거리에서 만나는 신사와 숙녀들은 모두 그를 붙잡아 세우고는 모자 아래 삐져나온 그의 머리카락을 만지며 "안녕, 한스 한젠, 머릿결이 곱기도 하지! 여전히 1등이지? 아빠 엄마께 안부 전해주렴, 귀여운 녀석⋯⋯"이라고 말하곤 했다.

한스 한젠은 그런 아이였고 토니오는 그를 알게 된 이래로 그를 볼 때마다 일종의 아픈 열망을 느꼈다. 시기심이 뒤섞인 열망으로서 그때마다 가슴속에 불길이 이는 것 같았다.

토니오는 생각했다.

'아, 너처럼 푸른 눈을 가졌다면! 너처럼 번듯하게, 너처럼 온 세상과 조화를 이루며 살 수 있다면! 너는 언제나 분별 있게 행동하고 모든 사람들이 그런 너를 칭찬한다. 너는 숙제를 마치면 승마 교습을 받거나 톱을 가지고 작업을 하지. 방학이 되어 바닷가에 있을 때에도 노를 젓고 돛단배를 다루거나 수영을 하면서 바삐 보내지. 나는 게으름뱅이처럼 모래사장에 누워 멍하니 몽상에 잠긴 채 수면 위에서 벌어지고 있는 그 변화무쌍하고 신비스러운 자연의 조화(造化)에 넋을 잃고 있을 뿐인데……. 네 눈이 그렇게 맑은 건 그 때문일 거야. 아, 너처럼 될 수 있다면…….'

토니오는 한스처럼 되려고 애쓰지 않았다. 그리고 그와 닮고 싶다는 소망도 결코 진심은 아닌 것 같았다. 하지만 지금 그대로의 자기 자신을 한스가 사랑해주기를 간절히 소망했다. 그리고 자기 방식으로 그렇게 천천히, 깊이 있게, 헌신적으로, 그리고 고통스럽고 우울하게, 자신을 향한 한스의 애정을 불러일으키려 했다. 그러나 그 우울함은 그의 그 이상한 외모에서 기대할 수 있는 그 어떤 격렬한 열정보다 더 뜨겁고 더 게걸스러운 것이었다.

그의 애정 구걸이 마냥 헛되지만은 않았다. 한스는 토니오에게 뛰어난 점이 있다는 사실, 즉 그가 어려운 문제를 쉽게 말로 표현해낼 능력이 있음을 인정했고, 또한 토니오가 자신에게 보이고 있는 감정이 아주 강렬하며 보기 드물 정도로 섬세하다는 것을 정확하게 이해했다. 그는 토니오가 자신에게 보여주는 애정에 대해 고마움을 표했고 자기 식의 애정으로 응답함으로써 토니오를 무척 기쁘게 했다.

하지만 토니오를 향한 한스의 애정은 토니오로서는 고통스러운 것이기도 했다. 토니오는 여전히 한스에게 질투심을 느끼고 있었으며 둘 사이에 그 어떤 영적인 공동체를 이루려는 자신의 노력이 허사가 되는 실망감을 맛본 때문이었다. 토니오는 한스 한젠의 삶의 방식을 부러워하면서도 정말 이상하게 끊임없이 한스를 자신의 생활 방식 안으로 끌어들이려 애썼다. 그리고 그의 그런 시도는 고작해야 순간적인 성공에 그칠 수밖에 없었으며 그나마 그가 성공이라고 착각한 것인지도 몰랐다.

토니오가 한스에게 말했다.

"요즘 아주 멋진 책을 읽었어. 정말 굉장해."

둘은 뮐렌 거리에 있는 이베르젠 가게에서 10페니히를 주고 산 과일 맛 사탕을 봉투에서 함께 꺼내 먹으며 걷고 있었다. 토니오가 말을 이었다.

"한스, 너도 읽어봐야 해. 실러의 『돈 카를로스』야. 원한다면 빌려줄게."

"아니, 괜찮아, 토니오." 한스가 대답했다. "그런 책은 내게는 안 맞아. 있잖아, 나는 말에 대한 책이 더 좋아. 거긴 정말 멋진 사진들이 있어. 언제 우리 집에 한번 오면 보여줄게. 스냅 사진들인데

속보로 걷는 말도 있고 달리는 말, 도약하는 말 등 너무 빨리 지나가니까 맨눈으로는 볼 수 없는 온갖 자세들이 다 있어."

"온갖 자세가 다 있다고?" 토니오가 예의상 물어보았다. "멋있겠다. 하지만 『돈 카를로스』를 보면 온통 우리 상상을 뛰어넘는 게 나와……. 있잖아, 거길 보면 너무 아름다워서 쿵 하고 한 대 얻어맞은 것 같은 충격을 주는 대목들이 있어."

"쿵 하고 얻어맞은 것 같다고? 어째서?"

"예를 들면 왕이 후작에게 속아서 우는 대목이 있어……. 하지만 후작이 왕을 속인 건 오로지 왕자를 위하는 마음에서였어. 왕자를 위해서 자신을 희생한 거야. 너, 이해하겠니? 그리고 왕이 울었다는 소식이 옆 대기실에 있던 대신들에게 전해진 거야.

'우셨다고? 폐하께서 우셨다고?'

모든 궁정의 신하들은 깜짝 놀랐고 두려움에 사로잡혔어. 정말 완고하고 엄한 왕이었거든. 하지만 왕이 왜 울었는지 충분히 이해할 수 있어. 내게는 왕자나 후작을 향한 안쓰러움을 다 합친 것보다 왕이 더 불쌍해 보여. 왕은 늘 외롭고 그 누구로부터도 사랑을 받지 못했거든. 그런데 이제 겨우 믿을 만한 사람을 하나 찾았다고 생각했는데 그 사람이 그를 배신했으니……."

한스는 토니오의 옆얼굴을 바라보았다. 토니오의 얼굴에 나타난 그 무엇인가가 한스로 하여금 이 화제에 관심을 끌게 한 것이 분명했다. 한스가 갑자기 또다시 자기 팔을 토니오의 팔 밑에 끼우면서 이렇게 물었던 것이다.

"그래, 어떤 식으로 배신했는데?"

토니오는 신이 나서 요란한 몸짓을 하며 이야기를 시작했다.

"사실은 브라반트와 플랑드르로 가는 편지들은 모두……."

"아, 저기 에르빈 이머탈이 오네." 한스가 말했다.

토니오는 입을 다물었다.

'저놈의 이머탈 녀석, 어디론가 꺼져버렸으면!' 그가 생각했다. '왜 나타나서 방해를 하는 거야? 내내 우리랑 함께 가면서 승마 이야기만 하지나 않았으면 좋겠네.'

에르빈 이머탈도 승마 교습을 받고 있었던 것이다. 그는 은행장의 아들이었고 도심 밖의 이 근처에서 살고 있었다. 다리가 구부정하고 멍청한 눈을 한 그는 벌써 가방을 집에 팽개치고 그들을 향해 걸어오고 있던 중이었다.

한스가 그를 향해 말했다.

"안녕, 이머탈. 크뢰거랑 산책하는 중이야……."

"나는 살 게 좀 있어서 시내로 가야 해." 이머탈이 대답했다.

"하지만 너희들과 조금 걸을 수 있어. 그거 사탕이야? 고마워, 몇 개면 돼. 한스, 내일 수업 있는 거 알지?"

그가 말하는 수업이란 승마 교습을 말하는 것이었다.

한스가 그의 말을 받았다.

"정말 신나! 지난번 교습에서 내가 최고 점수를 받아서 가죽 각반도 받았잖아."

"근데, 크뢰거, 너는 승마 교습 안 받을 거야?" 이머탈이 토니오에게 물었다. 묻는 그의 두 눈이 마치 반짝이는 단춧구멍 같았다.

"응." 토니오가 아주 애매하게 대답했다.

그러자 한스가 말했다.

"크뢰거, 너도 아버지께 말씀드려서 교습을 받도록 해."

"알았어." 토니오는 빠르게 아무렇게나 대답했다. 그는 일순간 목이 죄어드는 것 같았다. 한스가 그의 이름이 아니라 성을 부른 때문이었다. 한스도 그걸 눈치챘는지 해명하듯 말했다.

"네 이름을 부르지 않고 성을 부른 건 네 이름이 너무 이상해서야. 너도 알잖아. 암튼 미안해. 하지만 네 이름은 정말 익숙해지지가 않아. 토니오…… 그건 이름이 아니잖아. 하긴 네 탓은 아니지만."

"그래, 맞아, 네 탓은 아니야. 좀 외국 이름 같고 특이해서 네게 그런 이름을 붙였을 거야." 이머탈이 마치 사태를 수습하려는 듯 말했다.

토니오의 입술이 바르르 떨렸다. 그는 자신을 억제하며 말했다.

"그래, 멍청한 이름이 맞아. 나도 하인리히라든지 빌헬름이라는 이름이면 좋겠어. 진심이야! 내가 그런 이름을 갖게 된 건 안토니오란 이름의 외삼촌을 따라서 세례를 받았기 때문이야. 너희들도 알다시피 우리 어머니는 저 멀리 남쪽에서 오신 분이거든."

그런 뒤에 그는 입을 다물었고 두 친구가 말과 승마 용구에 대해 이야기하게 내버려두었다. 한스는 이머탈의 팔짱을 낀 채 엄청난 관심을 갖고 활발하게 이야기를 나누었다. 『돈 카를로스』 이야기로는 어림도 없는 일이었다. 토니오는 이따금씩 울고 싶은 기분에 코끝이 찡해지는 것을 느꼈다. 그리고 계속 덜덜 떨리는 턱을 추스르느라 무진 애를 써야만 했다.

한스는 내 이름을 좋아하지 않는다. 하지만 어쩌란 말인가? 그의 이름은 한스이고 이머탈의 이름은 에르빈이다. 좋다. 누구나 인정하는 이름이고 그 누구도 놀라지 않는 이름이다. 하지만 토니오라는 이름은 뭔가 이국적이고 유별나다. 그렇다, 그에게는 그가 원했건 원치 않았건 모든 면에서 유별난 데가 있었다. 그는 외로웠으며 정상적이고 평범한 사람들로부터 소외당하고 있었다. 그가 초록색 마차를 타고 다니는 집시가 아니라 크뢰거 영사의 아들이고 크뢰거 가문 사람인데도 말이다.

그런데 왜 한스는 단둘이 있을 때는 그를 토니오라고 부르다가 누군가 끼어들면 그걸 부끄러워하는 걸까? 이따금 한스는 그를 이해하고 그에게 애정을 보여주기도 했다. 사실이다. "그래, 어떤 식으로 배신했는데?"라고 물으면서 팔짱을 끼지 않았는가? 그런데 이머탈이 나타나자마자 그는 안도의 한숨을 내쉬더니 토니오를 내팽개쳤다. 그러고는 그의 이름이 이상하다며 쓸데없이 그를 비난했다. 오, 이 모든 것을 훤히 꿰뚫어볼 수 있다는 것은 얼마나 괴로운 일인가!

단둘이 있을 때면 한스는 그를 약간은 좋아했고 토니오도 그 사실을 알고 있었다. 하지만 제3자가 끼어들면 한스는 그를 부끄러워하며 그를 희생시켰고 토니오는 또다시 외톨이가 되었다. 그는 필립 왕을 떠올렸다. 왕은 배신을 당하고 울었다.

"맙소사!" 에르빈 이머탈이 말했다. "이제 정말 시내로 가야 해! 안녕! 사탕 고마워!"

그는 길가에 있는 벤치 위로 뛰어오르더니 구부정한 두 다리로 급히 달려갔다.

"나는 이머탈이 좋아." 한스가 힘주어 말했다.

한스에게는 응석받이로 자란 아이 같은 면이 있었다. 그는 자신 있게 자기가 좋아하는 것과 싫어하는 것을 공공연히 밝혔고 말하자면 그런 자신의 감정을 남들에게 나누어주려 했다. 이어서 그는 토니오에게 이미 그의 마음을 사로잡고 있던 승마에 대한 이야기를 계속하기 시작했다.

어쨌든 한스의 집이 가까워지고 있었다. 성곽을 따라 걷는 길은 그다지 길지 않았던 것이다. 두 아이는 헐벗은 나뭇가지에서 윙윙 소리를 내며 불어오는 습한 강풍에 모자가 날아가지 않도록 모자를 단단히 움켜쥔 채 고개를 숙이고 걸었다. 그런 와중에도 한센은 이야기를 그치지 않았고 토니오는 가끔 "아, 그래", "맞아"라고 건성으로 대꾸를 할 뿐이었다. 이야기 도중에 한스가 다시 토니오의 팔짱을 꼈지만 토니오는 별 감흥이 없었다. 그냥 겉치레일 뿐 아무런 의미도 없던 때문이었다.

이윽고 그들은 기차역으로부터 별로 떨어지지 않은 곳에서 성곽 산책길로부터 벗어났다. 그들은 기차가 연기를 뿜으며 힘겹게 지나가는 것을 바라보며 재미삼아 차량의 수를 세어보았

제1장

25

다. 그리고 기차 맨 뒤 칸 끝자리에 모피로 몸을 감싼 채 꼿꼿하게 앉아 있는 남자를 향해 손을 흔들기도 했다. 그들은 보리수 광장의 한스의 저택 앞에서 걸음을 멈추었다. 한스는 토니오에게 마치 재미있는 장난을 보여주듯 정원으로 통하는 문짝에 매달려 좌우로 몸을 흔들었고 그에 따라 경첩이 삐걱거리는 소리를 냈다. 그런 뒤에 그는 토니오에게 작별 인사를 했다.

"이제 들어가 봐야 해. 잘 가, 토니오. 다음번에는 내가 네 집까지 데려다줄게. 약속한 거다."

"안녕, 한스." 토니오가 말했다. "산보 재미있었어."

맞잡은 두 소년의 손은 축축했고 정원 문을 잡았기 때문에 녹이 묻어났다. 그런데 한스의 눈과 토니오의 눈이 마주쳤을 때 한스의 귀여운 얼굴에 후회의 빛이 희미하게 떠올랐다.

한스가 빠르게 말했다.

"저기, 있잖아, 『돈 카를로스』를 곧바로 읽어볼게. 자기 방에서 우는 왕의 이야기는 정말 재미있을 것 같아."

그런 후 그는 가방을 옆구리에 끼고 마당을 지나 뛰어갔다. 그는 집 안으로 사라지기 전에 다시 한 번 뒤를 돌아보고 고개를 끄덕였다.

기분이 좋아진 토니오 크뢰거는 마치 날개라도 달린 듯 가벼운 발걸음으로 그곳을 떠났다. 바람이 등 뒤에서 그를 밀어주기도 했지만 그의 발걸음이 가벼웠던 것은 그 때문만은 아니었다.

이제 한스는 『돈 카를로스』를 읽을 것이다. 그러면 둘은 이머탈이건 누구건 끼어들 수 없는 둘만의 화젯거리가 생기리라. 그러면 둘이 얼마나 서로를 잘 이해하게 될 것인가! 어쩌면 한스를 설득해서 시를 끼적이게 할 수 있을지 알게 뭔가? 아니, 아니다, 그는 그것을 원치 않았다! 한스가 토니오처럼 되면 안 되었다. 그는 지금처럼 그렇게 밝고 튼튼한 아이로, 모든 사람들이 좋아하는, 그리고 그 누구보다 토니오가 좋아하는 한스로서 남아 있어야 한다! 하지만 한스가 『돈 카를로스』를 읽는다고 해서 나쁠 건 없어……

토니오는 작달만한 낡은 성문을 지나 박공을 한 집들이 늘어선 가파르고 바람이 휘몰아치는 축축한 길을 따라 걸어 올라가 부모님의 집에 이르렀다. 그 당시 그의 심장은 살아 있었다. 그 속에는 아픈 열망이, 우수에 찬 선망이, 아주 작은 경멸감이, 그리고 아주 순결한 행복감이 품어져 있었다.

제1장

27

제2장

금발의 잉게, 잉게보르크 홀름! 조각이 새겨진 뾰족한 고딕식 분수가 높이 서 있는 광장 근처에 살고 있는 홀름 박사의 딸! 그녀가 바로 토니오 크뢰거가 열여섯 살에 사랑했던 여자였다.

어쩌다 그렇게 되었을까? 그는 그녀를 수도 없이 보았었다. 그런데 어느 날 저녁 갑자기 환하게 빛을 발하는 그녀를 보았다. 그는 그녀가 친구와 이야기를 나누면서 고개를 옆으로 젖히고 요란하게 웃는 모습을 보았다. 그다지 유별나지도 않은, 그다지 섬세하지도 않은 어린 처녀의 손이 목덜미를 만지고 있는 모습을 보았다. 그는 하얀 망사 소매가 팔꿈치까지 흘러내려와 있는 모습을 보았다. 그는 그녀가 별 의미도 없는 단어 하나를 낭랑하게 힘주어 말하는 소리를 들었다. 이 모든 것이 그를 황홀감에 젖게 했다. 그가 이전에, 아직 아무것도 모르는 어린아이였을 때 한스 한젠을 바라보며 맛보았던 것보다 훨씬 강렬한 황홀감이었다.

그날 저녁 그는 땋아 내린 풍성한 금발, 미소를 머금은 길쭉하고 푸른 눈, 주근깨가 연하게 박혀 있는 콧등의 이미지를 가슴에 품었다. 그는 밤새 잠을 이루지 못했다. 여전히 그녀의 독특한 목소리가 귓전을 맴돌았던 것이다. 그는 그녀의 입에서 나온 의미 없는 단어를 살며시 흉내 내면서 동시에 몸을 부르르 떨었다. 그가 이제껏 겪었던 경험이 그것이 바로 사랑이라는 것을 그에게 알려주었다. 사랑은 그에게 수많은 고통과 번뇌와 굴욕을 갖다주리라는 것, 영혼의 평화를 깨뜨리고 가슴을 선율로 채우리라는 것, 그 선율에 정확한 형식을 부여해서 평온한 가운데 하나의 완성된 작품을 만드는 데 필요한 휴식을 갖지 못하게 되리라는 것도 그는 완벽하게 알고 있었다. 하지만 그는 그 사랑을 기쁜 마음으로 받아들였고 그 사랑에 모든 것을 던졌으며 온 영혼의 힘을 다해 그 사랑을 키웠다. 사랑이 그를 풍요롭고 생기 있게 만들 것을 그가 알고 있었으며 평온한 가운데 완성된 작품을 창조하는 것보다는 풍요롭고 생기 있는 삶을 그가 바란 때문이었다.

토니오 크뢰거가 그렇게 쾌활한 잉게 홀름을 사랑하게 된 것은 바로 크뢰거 영사의 아내인 후스테데 부인의 응접실에서 열린 댄스 강습회에서였다. 그날 응접실은 말끔하게 치워져 있었다. 상류층 자제들만 참석하는 강습회로서 아이들은 부모들의 집에서 차례로 돌아가면서 댄스와 예절 교육을 받았고 그날이 영사 부인의 차례였다. 그리고 매주 무용 교사 크나아크 씨가 강습을 하기 위해 함부르크로부터 특별 초청을 받아 왔다.

프랑수아 크나아크란 인물은 그 얼마나 별난 사람이었던지!

그가 프랑스어로 말했다.

"저를 여러분께 소개할 수 있게 되어 영광입니다. 제 이름은 크나아크입니다……. 그런데 허리를 굽혔을 때 자기소개를 하면 안 됩니다. 다시 머리를 똑바로 들었을 때 해야 합니다. 억제된 목소리이면서도 또박또박 말해야 합니다. 프랑스어로 자신을 소개해야 할 경우가 늘 있는 일은 아니지만 프랑스어로 정확하고 흠잡을 데 없이 자기소개를 할 수 있게 된다면 독일어로도 완벽하게 할 수 있을 것입니다."

비단처럼 반짝이는 새까만 연미복은 어쩌면 그렇게 그의 살찐 몸에 착 달라붙어 있을 수 있는지! 부드러운 주름이 잡힌 그의 바지는 넓은 공단 나비 리본이 달린 에나멜 구두 위까지 내려와 있었고 갈색 눈은 자신의 아름다움에 행복하게 취한 듯 주변을 둘러보고 있었다.

그의 지나칠 정도로 자신 있는 태도와 세련된 기품에 모두들 압도당했다. 그는 이 집 여주인에게 경쾌하게 물결치듯 몸을 흔들며 왕처럼 기품 있게 걸어가서—그 누구도 그 사람처럼 걷는 이는 없었으리라—인사를 한 후 그녀가 손을 내밀기를 기다렸다. 그는 그녀가 내민 손을 잡고는 나지막하게 감사를 표한 다음 왼쪽 발을 축으로 해서 몸을 빙 돌리더니 발끝으로 바닥을 디디고 있던 오른발을 옆으로 들어 올린 다음 엉덩이를 흔들며 물러났다.

모임을 떠날 때는 몇 번이고 허리를 굽히며 뒷걸음질로 문을 향해야 하고 의자를 가져올 때는 다리 하나만 잡고 바닥에 질질 끌면 안 되며 등판을 살짝 집어 들고 소리 나지 않게 내려놓아야 했다. 앉아 있을 때는 손을 배 위에 올려놓거나 혀로 입가를 핥아도 안 되었다. 그런데도 누군가 그런 짓을 하면 크나아크 씨는 그 행동을 똑같이 흉내 내어, 평생 그런 행동을 혐오할 수밖에 없게 만들었다.

이런 것이 바로 예절 교육이었다. 댄스에 관해서도 크나아크 씨는 보다 더 완벽한 기량을 보여주었다. 가구들을 치워놓은 응접실에는 샹들리에 불꽃이 휘황찬란하게 타오르고 있었으며 벽난로 위에 촛불이 밝혀져 있었다. 바닥에는 활석 가루가 뿌려져 있었고 학생들은 반원을 이루고 말없이 둘러서 있었다. 문 바로 옆에 있는 방에서는 어머니와 아주머니들이 벨벳 의자에 앉아 손잡이가 달린 오페라 안경을 눈에 대고 크나아크 씨의 동작을 살펴보고 있었다. 그는 허리를 굽힌 채 연미복 옷자락 양쪽 끝을 두 손가락으로 살짝 잡고는 탄력적인 두 다리로 마주르카 춤을 한 동작, 한 동작씩 선보였다. 그러다가 보는 사람들을 놀라게 할 심산이었는지 그는 갑자기 별 이유도 없이 바닥에서 훌쩍 뛰어올라 두 다리를 현란하게 돌리며 부르르 떨더니 모든 사람들의 가슴이 떨리게 만들 정도로 육중하게 쿵 소리를 내며 착지했다.

'와, 정말 원숭이나 할 수 있는 동작이로군!'이라고 토니오 크뢰거는 생각했다. 그는 잉게 홀름이, 그 명랑한 잉게 홀름이 황홀한 미소를 띤 채 이따금 크나아크 씨의 동작을 따라하는 것을 지켜보고 있었다. 하지만 토니오가 크나아크 씨의 이 놀라운 몸동작을 보고 경탄했던 것은 그것 때문만이 아니었다. 크나아크 씨의 시선은 얼마나 침착하고 동요가 없었던지! 그의 두 눈은 복잡하고 슬플 수밖에 없는 사물의 내면까지 침투해 들어가지 않았다. 그의 두 눈은 자신이 아름다운 갈색이라는 것밖에 몰랐다. 그리고 바로 그 덕분에 그의 태도는 그렇게 당당할 수 있었던 것이다! 그렇다! 그처럼 걸을 수 있으려면 어리석어야만 한다. 그래야만 사람들에게 사랑을 받을 수 있다. 그래야만 사랑스러운 존재가 되기 때문이다. 그는 잉게가, 금발의 귀여운 잉게가 왜 그렇게 크나아크 씨를 바라보고 있는지 너무나 잘 알고 있었다. 그렇다면 토니오를 그런 식으로 바라보는 소녀는 하나도 없었을까?

아니, 있었다. 그런 일이 일어났다. 바로 변호사 페르메렌의 딸 막달레나 페르메렌이었다. 그녀는 온화한 표정에 커다랗고 순수한 눈을 가진 진지하고 감상적인 소녀였다. 그녀는 춤을 추면서 자주 넘어지곤 했다. 하지만 여자가 남자 파트너를 택할 차례가 되면 그녀는 항상 토니오에게 왔다. 그녀는 그가 시를 쓴다는 것을 알고 있었고 그에게 두 번인가 시를 보여달라고 청하기도 했다. 그녀는 이따금 고개를 기울이고 그를 멀리서 바라보기도 했다. 하지만 그런다 한들 무슨 소용이 있었겠는가? 토니오는 이미 잉게 홀름을, 금발의 쾌활한 잉게를, 토니오가 시를 끼적인다고 그를 경멸하고 있는 잉게를 사랑하고 있었으니……. 그는 그녀를, 행복과 조롱에 가득 찬 그녀의 길고 푸른 눈을 바라보았다. 질투 섞인 열망이, 또한 그녀로부터 배척당해 영원히 낯선 존재로 남아 있을 수밖에 없다는 사실에 대한 쓰리고도 절박한 고통이 가슴속에서 훨훨 타오르는 것을 느낀 채…….

"제1열, 아나방('앞으로'라는 뜻의 프랑스어-옮긴이 주)!"이라고 크나아크 씨가 말했다. 얼마나 놀랄 정도로 멋지게 비음(鼻音)을 내는지 그 어떤 단어로도 표현할 수 없을 정도였다.

카드리유 춤을 배울 때였다. 토니오 크뢰거는 두려울 정도로 깜짝 놀랐다. 자신이 잉게 홀름과 같은 열(列)에 속해 있었던 것이다. 그는 될 수 있는 대로 그녀를 피했지만 계속 그녀 옆에 있게 되었다. 그리고 그녀로부터 눈을 돌리려고 애썼지만 시선은 끊임없이 그녀를 향했다……. 그리고 바로 지금, 그녀가 빨간 머리의 페르디난트 마티센의 손에 이끌려 미끄러지듯 앞으로 나왔다. 그녀는 많은 머리를 뒤로 젖히고 숨을 가다듬으며 바로 토니오 맞은편에 서 있었다. 음악 연주자인 하인젤만 씨가 앙상한 손을 건반 위에 올려놓았고 카드리유 춤이 시작되었다.

그녀가 바로 그의 앞에서 이리저리, 앞으로 뒤로, 걷기도 하고 돌기도 하면서 움직였다. 그럴 때마다 그녀의 머리카락에서

인지 혹은 그녀의 보드라운 흰색 옷으로부터인지 풍겨 나오는 향기가 이따금 그의 코끝을 스쳤다. 토니오의 시선은 차츰 흐려져 갔다.

'사랑해, 잉게, 감미로운 잉게'라고 그는 마음속으로 말했다. 그 말 속에는 그녀가 그토록 열심히 즐겁게 춤을 추면서 자신은 거들떠보지도 않는 데 대한 쓰라린 심정이 고스란히 담겨 있었다. 그러자 슈토름(19세기 독일의 시인 – 옮긴이 주)의 멋진 시구가 떠올랐다.

'나는 잠을 자고 싶다. 그런데 그대는 춤을 추어야 하는구나!'

사랑을 하면서도 춤을 추어야만 하는 이 굴욕적인 불합리가 그는 고통스러웠다.

"제1열 아나방!" 크나아크 씨가 말했다. 한 차례 돌고 새롭게 순번이 시작되었던 것이다.

"경례! 숙녀들, 물리네!(2명 혹은 4명의 사람이 오른손을 한데 모아 축으로 삼고 도는 춤-옮긴이 주) 투르 드 맹!(손을 중심으로 돌아요!)" 그가 얼마나 우아하게 묶음 '드'를 삼켜버리는지 아무도 제대로 묘사할 수 없을 것이다.

"제2열, 아나방!" 토니오 크뢰거와 그의 파트너 차례였다.

"경례!"

토니오 크뢰거가 몸을 굽혀 인사했다.

"숙녀들, 물리네!"

토니오는 고개를 숙이고 눈살을 찌푸린 채 자신의 손을 네 명의 여자들 손 위에—그중에는 잉게 홀름의 손도 있었다—올려놓은 채 물리네를 추기 시작했다.

사방에서 수군대는 소리, 낄낄거리는 소리가 들렸다. 크나아크 씨가 놀라움을 표시하는 발레 자세를 해보였다.

"멈춰요! 멈춰!" 그가 소리쳤다. "어휴, 크뢰거 군이 숙녀들 틈에 끼었군요! 자, 크뢰거 양, 뒤로 물러나요. 뒤로! 이런! 다들 알아들었는데 도련님만 못 알아들으셨군! 빨리 물러나요! 빨리!"

그는 노란 비단 손수건을 꺼내더니 토니오에게 제자리로 돌아가라고 흔들었다.

모두들, 소년들도, 소녀들도, 옆방의 숙녀들도 모두 웃었다. 크나아크 씨가 이 사고를 너무 우스꽝스럽게 만들었던 것이다. 사람들은 모두 연극이라도 보는 듯 즐거워했다. 다만 하인젤만 씨만이 사무적인 표정으로 계속하라는 신호가 떨어지기를 기다리고 있었다. 그는 크나아크 씨의 그런 행태에 대해서 이미 무뎌져 있었다.

이윽고 카드리유가 다시 시작되었고 이어서 휴식 시간이 주어졌다. 하녀들이 신선한 음료가 담긴 유리잔을 쟁반에 받쳐 들고 땡그랑 소리와 함께 응접실로 들어왔고 자두 케이크를 받쳐 든 식모가 그 뒤를 따랐다. 하지만 토니오 크뢰거는 응접실에서 살짝 빠져나와 도망치듯 복도로 가서 뒷짐을 진 채 블라인드가 쳐진 창가에 섰다. 밖을 전혀 내다볼 수가 없었음에도 불구하고 마치 밖을 내다보듯 그렇게 서 있다는 게 얼마나 우스꽝스러운 모습인지에 대해서도 그는 생각하지 못했다.

그는 자기 자신을, 그토록 슬픔과 아픈 열망에 가득 차 있는 자기 자신을 들여다보고 있었다. 왜, 도대체 왜 자신이 이곳에 있는 것일까? 왜 자기 방 창가에 앉아 슈토름의 『이멘 호수』를 읽으면서 이따금 눈을 들어 호두나무 고목이 무겁게 후드득거리는 소리를 내는 정원을 바라보고 있지 않은 것인가? 그가 있어야 할 곳은 바로 그곳이었다. 다른 사람들이야 신이 나서 정확하게 춤을 추든 말든……. 하지만, 하지만 아니었다. 그가 있어야 할 곳은 바로 여기였다. 비록 그녀로부터 멀리 떨어져 홀로인 채, 웅성거리는 소리, 딸깍 소리, 웃음소리들 중에서 생명의 온기가 울리고 있는 그녀의 목소리를 분간해내려 애쓰고 있을 뿐이라 할지라도 그녀가 가까이 있음을 느낄 수 있는 곳, 이곳이 바로 그가 있어야 할 곳이었다. 오, 웃음 짓고 있는 너의 길고 푸른 눈! 금발의 잉게! 『이멘 호수』를 읽지 않거나 그 비슷한 것을 쓰려 하지 않아야만 너처럼 그렇게 아름답고 명랑할 수 있으리니……. 이 얼마나 불행한 일이란 말인가!

그녀가 이곳으로 와야만 하리라! 그가 그곳에 없음을 알아차리고, 그의 마음속에서 무슨 일이 일어났는지를 느끼고 소리 없이 그를 따라와 그의 어깨에 손을 얹고 이렇게 속삭여야만 하리라.

"자, 안으로 들어가자. 기분을 풀고……. 너를 사랑해."

토니오는 열심히 뒤쪽으로 귀를 기울인 채 혹시 그녀가 오지나 않을까 하는 당치않은 생각을 하며 긴장한 가운데 기다렸다. 하지만 그녀는 결코 오지 않았다. 절대로 일어날 수 없는 일이었다.

그녀도 다른 사람들처럼 그를 비웃었을까? 그렇다. 그녀를 향한 사랑 때문에, 자존심 때문에, 그 사실을 부정하고 싶었지만 그녀는 비웃었다. 하지만 그가 '여성들의 물리네'를 춘 것은 그녀의 존재에 너무 마음을 빼앗긴 탓이 아니었던가! 하지만 그게 어떻단 말인가? 어느 날 사람들은 자신을 비웃지 않게 되리라! 최근에 어느 신문에서 그의 시를 실어주려 하지 않았는가! 비록 그의 시를 실어주기 전에 그 신문사가 문을 닫아버리긴 했지만……. 그가 유명해져서 그가 쓰는 모든 글이 출판되는 날이 오리라. 그래도 잉게 홀름에게 아무런 감흥도 불러일으키지 않게 될 것인지 다들 확인하게 되리라……. 아니다. 그녀에게 아무런 감흥도 불러일으키지 않으리라. 분명히 그러하리라. 저 막달레나 페르메렌, 춤출 때 언제나 넘어지기만 하는 페르메렌에게라면 분명 감동을 줄 것이다. 하지만 잉게 홀름은 아니다. 푸른 눈의 쾌활한 그녀에게는 결코 아니다. 그렇다면 유명해지는 게 무슨 소용이 있단 말인가?

그 생각에 토니오 크뢰거의 가슴은 고통스럽게 죄어왔다. 자신의 내부에서 경이로우면서도 우수에 찬 힘들이 꿈틀거리며 작동하고 있음을 느끼면서, 동시에 자신이 열렬히 갈망하는 사람들은 그 힘으로는 그가 도저히 도달할 수 없는 곳에 존재하고 있음을 알게 된다는 것은 정말 고통스러운 일이다. 하지만 비록 고독하게 소외된 채 아무 희망도 없이 블라인드가 쳐진 창문 앞에서 밖을 내다보는 척하며 서 있었음에도 불구하고 그는 행복했다. 당시 그의 심장은 살아 있던 때문이다. 나의 심장은 너, 잉게보르크 홀름을 위하여 뛰고 있다. 내 영혼은 금발의 자그마한 너, 밝고 명랑하며 평범한 너라는 인격을 감싸 안고 있다. 나 자신의 영혼을 행복하게 부정하면서까지…….

그는 얼굴이 상기된 채 음악 소리와 꽃향기, 유리잔이 달그락거리는 소리가 희미해진 후미진 장소에 서서, 저 멀리서 들려오는 연회의 소음 가운데서 그녀의 낭랑한 목소리를 구별해 내려고 여러 번 애썼다. 그는 그녀 때문에 괴로웠지만 동시에 행복했다. 그는 언제나 잘 넘어지는 막달레나 페르메렌과 이야기가 통한다는 사실에, 그녀가 그를 이해하고 웃으며 자신과 마찬가지로 진지해진다는 사실에, 반면에 금발의 잉게는 그가 곁에 있을 때조차도 그녀가 아득하게 멀리 있는 것처럼 낯설고 서먹서먹하게 느껴진다는 사실에 화가 났다. 그의 언어는 그녀와 달랐다. 그럼에도 불구하고 그는 행복했다. 그는 '행복이란 사랑받는 데 있지 않다'라고 생각했다. 그런 건 허영심을 채워줄 뿐이며 혐오스러운 것이다. 행복이란 사랑하는 데 있으며 사랑하는 대상에 아무도 모르게 슬쩍 다가갈 수 있는 자그마한 기회를 슬쩍 포착하려는 데 있다. 그는 그 생각을 마음속 깊이 새겨 넣고 그 의미를 철저하게 깊이 파고들었으며 온통 그 의미를 음미했다.

토니오는 생각했다.

'변치 않을 거야! 사랑하는 잉게보르크! 내가 살아 있는 한 나는 변치 않고 너를 사랑할 거야.'

그는 충심으로 그렇게 마음먹었다. 하지만 일종의 두려움과 슬픔이 '너는 매일 한스 한젠을 만나면서도 그를 완전히 잊지 않았느냐'고 낮게 속삭였다. 그리고 무엇보다 추하고 가련한 것은 어느 정도 심술궂은 이 속삭이는 목소리가 옳다는 사실, 세월이 흘러 토니오 크뢰거가 더 이상 쾌활한 잉게를 위하여 무조건 죽을 각오가 되어 있지 않은 날이 왔다는 사실이다. 그는 나름대로 이 세상에서 남들에게 주목받을 만한 많은 일을 성취하고자 하는 욕망과 힘을 자기 자신에게서 느낄 수 있게 된 것이다.

그는 자신의 순결하고 순수한 사랑의 불꽃이 타올랐던 제단 주위를 조심스럽게 둘러보았다. 그리고 그는 그 앞에 무릎을 꿇고 어떻게 해서라도 그 사랑의 불꽃을 돋우고 살리려 했다. 변치 않겠다는 충성을 지키고 싶었던 것이다. 그러나 얼마 지나지 않아, 그 불꽃은 부지불식간에 소리도 없이 꺼져버리고 말았다.

하지만 토니오는 이 지상에 변치 않는 충심이란 존재할 수 없다는 사실 앞에 놀라고 실망한 채 그 식어버린 제단 앞에 한동안 서 있었다. 그런 후 어깨를 한 번 으쓱하고는 제 갈 길로 가버렸다.

제3장

토니오는 무기력하고 불규칙적인 걸음으로 휘파람을 불면서, 또한 먼 곳을 바라보면서 고개를 옆으로 기울인 채 그렇게 그가 가야 할 길을 갔다. 그가 길을 잘못 들었다면 그것은 몇몇 사람들에게는 진정한 길이란 존재하지 않기 때문이다.

어떤 사람이 될 것이냐고 누군가 그에게 물으면 그는 여러 가지 다양한 대답을 하곤 했다. 그는 자신의 내부에는 여러 다양한 존재로 살아갈 가능성이 있다고 늘 말하곤 했지만(그는 그것을 기록해 놓기도 했다) 속으로는 그런 것은 아예 불가능하다고 은밀하게 생각하고 있었다.

그가 태어난 곳, 벽들이 다닥다닥 붙어 있는 도시를 떠나기 전에 그를 고향과 묶어주고 있던 고리와 끈은 이미 천천히 풀어진 상태였다. 크뢰거라는 유서 깊은 가문은 점차 몰락하고 와해되었으며 사람들은 토니오 크뢰거라는 독특한 존재가 보여주고 있는 행태를 그러한 상황을 보여주는 징표로 간주했고 그것은 옳았다.

가문의 어르신이었던 할머니가 세상을 떠났고 얼마 지나지 않아 키 크고 생각이 깊으며 단춧구멍에 늘 들꽃을 꽂고 다니던, 공들여 옷을 입는 신사인 그의 아버지도 그 뒤를 따랐다. 크뢰거 가문의 대저택은 존경받을 만한 역사와 더불어 남의 손에 넘어갔고, 아버지가 경영하던 상사(商社)도 문을 닫았다. 피아노와 만돌린을 놀라울 정도로 뛰어나게 연주하는 정열적이고 아름다운 그의 어머니, 모든 집안일에 무심했던 그의 어머니는 1년 후에 재혼했다. 상대는 이탈리아 이름을 가진 뛰어난 음악가였는데 어머니는 저 멀리 푸른 고장으로 그를 따라갔다. 토니오 크뢰거는 어머니의 처신이 경망스럽다고 생각했다. 하지만 그에게 어머니를 막을 자격이 있었는가? 시나 끼적이면서 무엇이 되겠느냐는 물음에 대답조차 못 하는 주제에…….

이어서 그는 구불구불한 고향 도시를, 축축한 바람을 맞고 있는 박공 머리 집들을 떠났다. 그는 분수와, 호두나무 고목과, 어린 시절에 절친하던 것들과 작별했다. 또한 그가 그토록 사랑하던 바다와도 작별했다. 하지만 그는 조금도 슬프지 않았다. 그는 어른이 되었고 분별력을 갖추었으며 스스로를 분명히 자각할 수 있었고 자신을 그토록 오래 사로잡고 있던 그 무겁기만 하고 조잡한 생활 태도를 한껏 비웃게 되었기 때문이다.

그는 그에게 이 세상에서 가장 고상한 것으로 여겨지는 '힘'에 전적으로 헌신했다. 또한 그것에 봉사하는 것을 자신의 소명이라고 느꼈을 뿐 아니라 그 힘이 자신을 위대하게 만들어주고 명성을 가져다줄 것으로 여겼다. 바로 무의식적이고 말 없는 삶 위에 미소 지으며 군림하고 있는 '정신'과 '말'의 힘이었다. 그는 젊음의 정열을 모두 그 힘에 바쳤다. 그리고 그 힘은 그 힘이 그에게 줄 수 있는 모든 것을 줌으로써 보상했으며 그 대가로 빼앗아갈 수 있는 모든 것을 가차 없이 빼앗아갔다.

그 힘은 그의 시선을 날카롭게 벼려주었고 사람들의 가슴을 부풀리는 위대한 말들의 속을 꿰뚫어볼 수 있게 해주었다. 또한 그 힘은 남들의 영혼과 자신의 영혼을 열어 보여주었으며 그가 투시력을 갖출 수 있게 해주었고 그에게 이 세상의 내부를, 사람들의 행동과 말 저 안에 자리 잡고 있는 것을 보여주었다. 그리고 그가 본 것은 우스꽝스러움과 비참함─그렇다, 우스꽝스러움과 비참함 바로 그것이었다.

그러자 그 무언가를 인식한다는 고통, 오만과 함께 고독이 찾아왔다. 솔직한 사람들, 태평하고 우매한 영혼들과 함께 지내는 것이 그에게 불가능했을 뿐 아니라 그의 이마에 새겨진 징표가 그들을 불편하게 만들었기 때문이다. 반면에 그는 단어와 형식을 추구하면서 점점 더 감미로운 기쁨을 맛볼 수 있었다. 그는 항상 다음과 같이 말하곤 했다(그것 역시 기록해 놓았다).

'표현을 추구하는 즐거움이 우리를 깨우고 즐겁게 만들지 않는다면 영혼을 인식하는 것은 필연적으로 우리를 우울하게 만들 것이다.'

그는 여러 대도시와 남유럽에서 지냈다. 그는 남유럽의 태양이 그의 예술을 좀 더 화려하게 성숙시켜주기를 기대했다. 그를 그곳으로 이끈 것은 아마도 어머니로부터 물려받은 피 때문인지도 몰랐다. 그러나 그의 심장은 이미 죽어버렸고 사랑이 없어졌기에 그는 육체의 모험에 빠져들었으며 아주 일찍이 관능적 쾌락과 뜨거운 죄악에 탐닉했고 그로 인해 이루 말할 수 없이 괴로움을 겪었다. 그가 그 죄악의 구렁텅이에서 괴로워했던 것은 키 크고 생각이 깊으며 단춧구멍에 늘 들꽃을 꽂고 다니던, 공들여 옷을 입는 신사인 그의 아버지로부터 물려받은 피 때문이었을 것이다. 그 때문에 그는 가끔 이전에 자기 것이었지만 이제는 쾌락 한가운데서 더 이상 찾을 수 없게 된 영혼의 환희에 대한 아련한 향수를 느끼곤 했다.

감각에 대한 혐오와 증오가, 순수함, 평화로운 명예에 대한 갈증이 그를 사로잡았다. 그러면서도 그는 계속해서 예술이라는 공기를, 늘 봄과 같이 따뜻하고 감미로우며 봄의 향기를 가득 머금은 예술이라는 공기를 호흡했고 그 공기 속에서 생식(生殖)의 은밀한 취기가 꿈틀대며 싹을 틔우고 있었다. 그 결과 그는 정반대되는 양 극단 사이, 즉 얼음장같이 차가운 정신성과 탐욕스러운 관능 사이를 오락가락하면서 양심의 가책을 느끼는 가운데 소모적인 삶, 상궤를 벗어난 삶, 방종한 삶을 살게 되었다. 그런 삶은 바로 그가, 토니오 크뢰거가 근본적으로 증오하는 삶이었다.

그는 때때로 생각했다.

'어찌 이렇게 헤매고 있단 말인가! 어떻게 이런 이상야릇한 모험에 빠지게 되었단 말인가! 나는 초록색 마차를 타고 다니는 집시로 태어난 것이 아니지 않은가?'

그런데 그의 건강이 약화되어감에 따라 그의 예술가적 감각은 다듬어졌으며 까다로워지고 섬세해지고 세련되어졌으며 진부한 것에 대해서는 흥분했고 재간과 취미 문제에 예민하게 반응하게 되었다.

그가 처음으로 침묵을 깨고 세상에 나왔을 때 유능한 전문가들이 많은 갈채를 보냈고 만족감을 표시했다. 그가 발표한 작품들이 유머와 경험과 고통을 담고 있는 값어치 있는 작품들이었기 때문이다. 그리하여 금세 그의 이름, 이전에 교사들이 오로지 꾸짖을 필요가 있을 때만 불렀던 그 이름, 호두나무와 분수와 바다에 대한 최초의 시들에 서명했던 그 이름, 남쪽과 북쪽 나라의 억양이 섞여 있는 그 이름, 이국적인 냄새를 맡을 수 있는 부르주아적인 그 이름이 이제 '탁월함'을 지칭하는 대명사가 되었다. 그의 작품에는 그가 깊이 맛본 여러 쓰라린 경험이 아주 보기 드물고 끈기 있는, 그리고 야심만만한 노력과 결부되어 있었던 것이다. 그 노력은 지독할 정도로 까다로운 그의 취향과 싸움을 벌이면서 격렬한 번뇌를 겪는 가운데 비범한 작품들을 낳은 것이다.

그는 살아가기 위해 일을 하는 사람들처럼 일하지 않았다. 그는 그 일 외에는 다른 그 어떤 것도 원치 않는 사람처럼 일했다. 그는 살아 있는 존재로서의 자신은 하등 중요시하지 않았으며 오로지 창조자로서만 간주되기를 원했다. 무대에 등장했을 때나 존재 의미가 있던 배우가 분장을 지웠을 때와 마찬가지로 일을 하지 않을 때의 나머지 시간은 그냥 지나가는 시간이었으며 생기도 없고 아무 의미도 없는 시간이었다.

그는 자기 집에 틀어박혀 말없이 보이지 않게 일하면서 자신의 재능을 사교계의 장식품으로 간주하는 하찮은 작가들을 경멸했다. 그들은 부자이건 가난하건 단정하지 못한 옷차림으로 돌아다니거나 혹은 넥타이를 공들여 골라 매고는 자신이 행복하다고, 자신이 대단히 매력적이며 예술가적이라고 생각하는 자들이었다. 그들은 훌륭한 작품이란 곤궁한 삶의 압박에서만 태어날 수 있다는 것, 사는 자는 일하지 않는 자라는 것, 완전한 창조자가 되려면 죽어야만 한다는 것을 모르는 자들이었다.

제4장

"방해가 되는 거 아닙니까?" 토니오 크뢰거가 아틀리에 문턱에서 물었다. 리자베타 이바노브나는 그가 모든 것을 털어놓을 수 있는 친구였음에도 불구하고 그는 모자를 벗어 손에 들고 가볍게 허리를 구부려 인사했다.

"제발, 토니오 크뢰거 씨, 그런 격식 좀 차리지 말고 들어와요!" 그녀가 노래하는 듯한 억양으로 대답했다. "당신이 교육을 잘 받았고 예의 바르다는 건 다 알고 있어요."

그 말과 함께 그녀는 손에 들고 있던 붓을 팔레트를 들고 있던 왼손으로 옮겨 들고는 오른손을 내밀면서 웃음 띤 얼굴로 고개를 절레절레 흔들며 그를 바라보았다.

그러자 토니오가 말했다.

"네, 하지만 지금 작업 중이잖아요. 어디 좀 볼까요……. 오! 상당히 진척되었군요."

이어서 그는 이젤 양옆의 의자들 위에 기대어져 있는 채색된 스케치들 몇 점과 정사각형을 이룬 선들이 그물망처럼 뒤덮고 있는 커다란 화폭을 바라보았다. 화폭 위에는 형체가 분명하지 않은 목탄 스케치가 그려져 있었고 이제 막 물감을 칠한 부분들도 보였다.

그곳은 뮌헨의 셸링가 뒷골목에 위치한 어느 작은 집 꼭대기 층이었다. 북쪽으로 난 커다란 창문 밖으로 푸른 하늘이 펼쳐져 있었으며 새들이 지저귀는 소리가 들렸고 햇볕이 밝게 빛나고 있었다. 열린 천창을 통해 몰려 들어온 신선하고 감미로운 봄의 숨결이 작업실을 가득 채우고 있는 정착액과 유화 물감 냄새와 뒤섞였다. 쾌청한 오후의 황금빛 햇살이 아무런 방해도 받지 않고 널찍한 아틀리에로 넘쳐 들어와, 약간 흠집이 있는 마룻바닥을, 작은 병들과 물감 튜브들과 붓들이 널려 있는 창문 아래 조잡한 테이블을, 벽지를 바르지 않은 벽에 액자도 끼우지 않은 채 걸려 있는 습작품들을 아낌없이 비추었으며 찢어진 비단으로 만들어진 칸막이도 비추었다. 그 칸막이를 경계로 해서 문 가까이에 운치 있는 가구들이 비치된 그럴 듯한 휴식 공간이 마련되어 있었다. 또한 그 햇살은 이젤 위에서 이제 막 마무리를 하려는 그녀의 작품과 그 앞에 있는 시인과 화가의 모습도 비춰주었다.

그녀는 그와 거의 비슷한 나이, 그러니까 서른이 조금 넘은 나이였다. 그녀는 물감이 묻어 있는 짙푸른 앞치마를 두른 채 낮은 걸상 위에 한 손으로 턱을 괴고 앉아 있었다. 이미 옆쪽이 희끗희끗해진, 파마를 한 그녀의 갈색 머리카락이 가볍게 물결치며 그녀의 관자놀이를 덮으면서 그녀의 얼굴에 윤곽을 이뤄주고 있었다. 납작한 코, 튀어나온 광대뼈, 반짝이는 검은 눈의 슬라브 형 갈색 얼굴은 호감이 가는 인상이었다. 그녀는 긴장한 모습으로 뭔가 미심쩍은 듯, 혹은 마치 화라도 난 듯 눈을 반쯤 가늘게 뜬 채 고개를 갸우뚱하며 자신의 작품을 유심히 들여다보고 있었다.

토니오는 오른손을 허리에 얹은 채 그녀 곁에 서서 왼손으로 갈색 콧수염을 부지런히 비비 꼬고 있었다. 그는 어두운 표정으로 비스듬한 눈썹을 씰룩거리면서 평소처럼 부드럽게 휘파람을 불었다. 그는 극도로 단정하고 세련된 옷차림이었다. 그는 재단이 잘된 은은한 회색 양복을 입고 있었다. 하지만 단순하고 정확하게 두 갈래로 가르마를 탄 숱이 많은 머리칼 아래 드러난 이마는 고뇌에 사로잡힌 듯 신경질적으로 부르르 떨리고 있었다. 남국적으로 생긴 그의 얼굴선은 마치 단단한 조각칼로 윤곽을 그리고 파놓은 것처럼 지나칠 정도로 도드라져 있었으며 그에 반해 그의 입술은 너무나도 부드러운 모습이었고 턱 모양도 비할 데 없이 섬세했다.

잠시 후 그는 손으로 이마와 눈을 쓰다듬으면서 몸을 돌려 말했다.

"오지 말 걸 그랬습니다."

"왜 그런 말을 하는 거지요, 토니오 크뢰거 씨?"

"저도 방금 글을 쓰다 나왔습니다, 리자베타. 내 머릿속에 들어 있는 게 이 화폭에 드러나 있는 것과 똑같아요. 하나의 밑그림, 여러 번 수정을 가해서 지저분해진 흐릿한 스케치, 몇 군데 색칠한 자국, 바로 그것과 똑같아요. 그런데 여기 와서 똑같은 걸 다시 보게 되다니요. 집에 있을 때 나를 괴롭히던 갈등과 모순을 그대로 보고 있는 겁니다."

그는 허공에 대고 킁킁 냄새 맡은 시늉을 하더니 계속했다.

"이상한 일입니다. 한 가지 생각에 사로잡혀 있다 보면 어디서나 그 생각이 표출되어 있는 걸 발견하게 되니까요. 심지어 바람 속에서도 그 냄새를 맡게 돼요. 정착액 냄새와 봄의 향기가 난단 말입니다. 그렇지 않아요? 예술 냄새와, 그와는 다른 그 어떤 것의······. 그 다른 어떤 것을 어떻게 불러야 할까요? 리자베타, '자연'이라고 대답하지 말아요. '자연'은 이렇게 기진맥진하게 만들지는 않으니까요. 정말 그래요. 차라리 산책이나 하는 편이 나았을지도 모르겠네요. 그렇다고 기분이 좋아졌으리라고 장담할 수는 없지만······.

5분 전에 이 근처에서 아달베르트라는 동료 소설가를 만났습니다. '빌어먹을 놈의 봄 같으니!'라고 공격적으로 말하더군요. '가장 끔찍한 계절이야. 이보게, 크뢰거, 자네 제대로 된 생각을 할 수 있겠나? 차분한 가운데 섬세한 부분들을 가다듬고 그것들이 최대한 효과를 발휘하게 만들 수 있겠나? 자네의 피가 점잖지 못하게 꿈틀거리고 엉뚱한 감각들이 자네를 흔들어대는데 말일세. 조금만 자세히 살펴보면 완전히 통속적이고 아무 짝에도 쓸모없다는 것을 알 수 있는 그런 감각들이······. 나는 지금 카페로 간다네. 계절의 변화가 영향을 미치지 않는 중립 지대지. 자네도 알다시피 카페란 고상한 생각밖에는 떠오르지 않는, 차가운 '초월적 지대'라네.' 그런 후 그는 카페로 갔습니다. 그와 함께 갔으면 좋았으련만."

리자베타는 재미있어 했다.

제4장

53

"재미있어요. '피가 점잖지 못하게 꿈틀거린다'라는 표현이 괜찮아요. 그 소설가 말이 어느 정도는 옳아요. 정말로 봄은 일을 하기에는 적당하지 않은 계절이에요. 하지만 내 말을 들어봐요. 그래도 나는 이 작은 일을 끝낼 거예요. 아달베르트 씨의 표현대로 '섬세한 부분들을 가다듬고 그것들이 최대한 효과를 발휘하게' 만들려고 애쓸 거예요. 그런 다음 우리 함께 응접실로 가서 차를 마실 거고요. 그리고 당신은 하고 싶은 말을 마음껏 쏟아놓아요. 한눈에도 오늘 하고 싶은 이야기가 많아 보이니까요. 그때까지 어디 마음에 드는 데 앉아 있도록 해요. 말하자면 저 궤짝 위 같은 데라도……. 그 귀족적인 옷이 구겨질까봐 걱정이 안 된다면……."

"아, 내 옷 같은 건 신경 쓰지 말아요, 리자베타 이바노브나! 내가 다 떨어진 벨벳 재킷이나 붉은 비단 조끼를 입고 돌아다니라는 말은 아니겠지요? 예술가란 그 안에 보헤미안적인 기질을 지니고 있는 법입니다. 그러니, 제길, 겉으로라도 옷을 그럴 듯하게 차려 입고 단정한 사람처럼 행세해야 하지 않겠어요? 아니, 실은 별로 아무 생각 없이 그런 겁니다."

그러면서 그는 팔레트 위에 물감을 섞고 있는 그녀를 잠시 바라보더니 다시 입을 열었다.

"나는 오로지 한 가지 모순되는 생각에 사로잡혀 있고, 그 때문에 일을 못하고 있을 뿐입니다……. 맞아요. 우리 방금 전에 무슨 이야기를 하고 있었지요? 그렇지요. 정말로 자신만만하고 강인한 아달베르트 이야기를 하고 있었지요. 그는 '봄은 가장 끔찍한 계절이야'라고 말하고는 카페로 갔지요. 누구나 자신이 뭘 원하는지는 알아야 하지요? 사실이 아닌가요? 당신도 알다시피 나 역시 봄이 되면 신경이 예민해지고 봄이 불러일으키는 감각과 기억들, 속되면서도 매혹적인 그 감각과 기억들로 인해 흔들립니다. 다만 나는 그 때문에 봄을 비난하거나 경멸할 수 없을 뿐입니다. 사실 나는 봄 앞에서 부끄러움을 느낍니다. 그 순수한 순박성 앞에서, 그 의기양양한 젊음 앞에서 부끄러움을 느낍니다. 아달베르트가 그런 감정을 전혀 느끼지 않는다고 해서 그를 부러워해야 할지 아니면 경멸해야 할지는 모르겠습니다.

봄에는 분명히 일하기가 어렵습니다. 왜일까요? 느끼기 때문입니다. 그리고 창작하는 자에게는 느낄 권리가 있다고 믿는 자는 바보임에 틀림없습니다. 진정한 예술가는 이 순진하면서도 서툰 오류에 대해 미소를 지을 것입니다. 아마 우울한 미소이겠지만 어쨌든 미소를 지을 것입니다. 당신이 표현해내는 것,

그것이 당신에게 본질적인 것이 될 수 없기 때문입니다. 그것은 그냥 그 자체 무심한 소재일 뿐입니다. 예술가는 그 소재를 지배하면서, 마치 즐기듯이 미적인 이미지를 구성해야 합니다. 거기에는 정념이 들어가면 안 됩니다. 자신이 표현하고자 하는 데 너무 집착해서 그 주제에 대해 심장이 너무 뜨겁게 뛰게 되면 완전히 실패할 것이 분명합니다. 당신은 비장해지고 감상적이 되어 서툴고 어색한 것, 그저 엄격하기만 할 뿐 자제력과 아이러니와 신랄함이 결여된 지루하고 진부한 작품이 나올 것입니다. 그 결과 사람들의 반응도 냉담할 것이며 당신에게는 실망과 슬픔만을 남길 것입니다. 왜 그런지 리자베타, 들어봐요.

감정이란, 생생하며 뜨거운 감정이란 언제나 진부하고 쓸모없기 때문입니다. 우리의 타락한 신경계의, 바로 그 예술가의 신경계의 떨림과 차가운 황홀경만이 미적인 특성을 지니고 있습니다. 예술가는 어느 정도 인류의 밖에 존재해야, 어느 정도 비인간적이 되어야, 또한 인간적인 것과는 멀리 떨어진 채 무관한 존재가 되어야 비로소 인간적인 것을 표현하고 그것들과 더불어 놀 수 있는 상태, 그 인간적인 것을 맛깔나게, 또한 성공적으로 재현할 수 있는 상태, 그런 시도라도 할 수 있는 상태에 이를 수 있습니다. 문체와 형식과 표현에 재능이 있다는 것은 이미 인간적인 것들과 차갑게 거리를 둘 자세가 되어 있다는 것을 말합니다. 그렇습니다. 그건 그가 어떤 식으로건 메말라 있고 황폐해 있다는 것을 뜻합니다. 건강하고 활력에 찬 감정으로부터는 나올 것이 아무것도 없고 그 감정들은 기호(嗜好)에 대해 아무것도 모르기 때문입니다. 예술가가 인간이 되어 그 무언가 느끼기 시작하면 그는 끝장난 겁니다. 아달베르트는 그것을 알고 있었고, 그렇기에 카페로, 그 '초월적 지대'로 간 겁니다. 암, 그렇고말고요!"

"그 사람이야 뭘 하건 내버려 두세요." 리자베타가 양은 대야에 손을 씻으며 말했다. "그 사람을 따라 해야 할 필요는 없잖아요."

"그럼요, 리자베타. 나는 그를 따르지 않을 겁니다. 나는 그와는 달리 봄에 대해서, 내 예술가적 기질에 대해서 약간의 부끄러움을 가끔 느끼기 때문입니다. 나는 이따금 모르는 사람들에게서 편지를 받습니다. 독자들이 보낸 찬사와 감사의 글들이며 감동받은 사람들이 보내는 찬양의 글들입니다. 나는 그 편지들을 읽으며 내 작품이 그들에게 불러일으킨 이 자발적인 공감, 이 어색한 인간적인 공감에 가슴이 뭉클해집니다. 그리고 그들의 편지 행간에 표현되어 있는 그 순진한 열정에, 연민에 사로잡힙니다. 이어서 나는 그런 열광적인 편지를 쓴 성실한 사람이 무대 뒷면을 들여다보고 작가의 진면목을 보게 된다면, 올바르고 건전하며 정상적인 사람은 글을 쓰지도 않고 연기를 하지도 않으며 작곡도 하지 않는다는 사실을 알게 된다면 그 얼마나 실망할 것인가 생각하고 얼굴을 붉힙니다……. 물론 그렇다고 해서 내 재능에 대한 그러한 찬탄을 자신을 북돋고 자극하는 데 이용하지 않는 건 아닙니다. 또한 그러한 찬사들을 진지하게 받아들여 위대한 인간의 역할을 연기하는 원숭이 흉내를 내기도 합니다……. 아! 반박하지 말아요, 리자베타! 나는 전혀 인간적인 것에 동참하고 있지도 못하면서 인간적인 것을 표현한다는 게 죽도록 피곤하다는 이야기를 당신에게 하고 있는 겁니다……. 도대체 예술가는 남자일까요? 그런 건 여자에게나 물어봐야지요! 내 생각에 우리들 예술가란 저 교황청의 거세된 성가대원들과 어느 정도 비슷한 운명을 누리고 있는 것이나 아닌지……. 우리는 아주 감동적으로 노래를 부르지요. 하지만……."

"토니오 크뢰거 씨, 좀 부끄러운 줄 알아야 해요. 이제 차를 마시러 가요. 물은 금세 끓을 것이고 여기 담배도 있어요. 소프라노 목소리로 노래 부르는 성가대원 이야기까지 했지요? 계속해봐요. 하지만 부끄러워해야 해요. 당신이 얼마나 자랑할 만한 열정을 가지고 자신의 천직에 열중하고 있는지 내가 모른다면 모를까……."

"천직 같은 이야기는 하지 말아요, 리자베타 이바노브나! 문학은 천직이 아니라 저주입니다. 그걸 알아야 해요. 문학이 언제부터 자신이 저주인 걸 느끼기 시작했느냐고요? 일찍, 끔찍할 정도로 일찍부터입니다. 인간에게 마땅히 신과 우주와 평화롭게 조화를 이루며 살 권리가 있었던 때부터입니다. 당신은 당신이 외따로 떨어져 있다고, 평범하고 정상적인 다른 사람들과는 왜 그런지 알 수 없는 대립 관계에 있다는 것을 느끼기 시작합니다. 당신을 사람들과 분리시키는 심연, 아이러니와 의심과 모순과 인식과 감정의 그 심연이 점점 더 깊어지면서 당신은 고독해지고 더 이상 상호 이해가 불가능해집니다. 오, 이 무슨 가혹한 운명이란 말입니까! 심장이 여전히 살아 있는데……. 그런 것을 두려워할 만큼 사랑으로 충만해 있는데! 수천 사람들 사이에서 당신만이 이마에 낙인이 찍혀 있음을 스스로 느끼고 남들이 그 낙인을 알아보리라는 것을 당신이 알게 되면서 자신이 어떤 사람인가 하는 자의식에 불이 붙습니다.

나는 천재적인 배우 한 사람과 알고 지낸 적이 있습니다. 일상생활에서 그는 병적일 정도로 소심하고 무기력했습니다. 배우로서의 자신에 대한 날카로운 자의식이 실제 삶 속에서 자신이 도대체 무슨 역할을 해야 할지 모른다는 사실과 결합하면서 그는 예술가로서는 완벽해졌고 인간으로서는 비참해졌으니……. 하나의 사회적 기능을 행하듯 예술 행위를 하는 것이 아니라 숙명적으로 저주를 받은 진정한 예술가를 군중 속에서 식별해내는 데는 대단한 통찰력이 필요하지 않아요. 자신이 외따로 떨어져 있다는 느낌, 다른 사람들에게 속해 있지 않다는 느낌, 자신이 남들에게 그런 식으로 인지되고 관찰되고 있다는 느낌이, 고결하면서도 동시에 뭔가 당혹해하는 모습이 그의 얼굴에 드러나 있으니까요. 아마 평복 차림으로 거리를 걷고 있는 군주의 모습에서도 비슷한 표정을 볼 수 있을 겁니다. 아무리 평복을 입고 있어도 아무 소용이 없습니다, 리자베타! 아무리 변장을 하고 가면을 쓰더라도, 외교관이나 휴가 중인 군인 옷을 입더라도 소용이 없어요. 당신이 눈을 들어 한 마디 말을 하는 순간 당신이 인간 존재가 아니라는 사실, 당신이 낯선 존재라는 것, 이방인이라는 것, 어딘가 다른 존재라는 것을 금세 알게 될 테니까요.

그렇다면 예술가란 도대체 어떤 존재일까요? 사람들이 이

질문에 대해서만큼 정말 끈질길 정도로 무기력하고 나태한 태도를 보여준 경우는 없을 것입니다. 예술가에게 감화를 받은 선량한 사람들은 '천부적 재능'이라고 말합니다. 그들은 결과가 이토록 맑고 고결하니 그 결과를 낳은 원인도 맑고 고결하리라고 생각합니다. 그래서 아무도 그들이 천부적이라고 말한 그 재능이 지극히 의심스러운 재능이라는 것, 지극히 비참한 삶의 보상물로 나온 것이라는 생각은 추호도 하지 않습니다……. 예술가란 매우 감수성이 강하다는 것을 사람들은 알고 있습니다. 반면에 건전한 양식을 지닌 사람, 자존심에 토대를 둔 견고한 감정을 지닌 사람의 경우는 그렇지 않다는 것도 잘 알고 있습니다……. 리자베타, 나는 내 영혼 깊은 곳에서—정신적으로 말해서입니다—예술가 유형에 대한 경멸감을 키워왔습니다. 그것은 집들이 다닥다닥 붙어 있는 저 북쪽 도시에 살던 우리의 명예로운 조상들이 집으로 찾아온 떠돌이 곡예사나 예술가들을 향해 품었을 그런 경멸감입니다.

내 이야기를 더 들어봐요. 나는 은행가 한 명을 알고 있습니다. 머리가 희끗희끗한 사업가인데 그에게는 소설을 쓰는 재능이 있습니다. 그는 여가 시간을 이용해서 이 재능을 발휘하는데 때로는 아주 뛰어난 작품을 쓰기도 합니다. 그런데 이런 숭

제4장

61

고한 재능을 타고 났음에도 불구하고—나는 '불구하고'라는 표현을 씁니다—그 사람은 전혀 흠잡을 데가 없는 사람이 아니었습니다. 반대로 그는 이미 오랫동안 감옥살이를 했으며 충분히 그럴 만한 짓을 저질렀기에 징역을 산 것이었습니다. 그런데 그가 자신이 지닌 재능을 자각하게 된 것은 바로 감옥 안에서였으며 죄수로서의 경험들이 그의 모든 작품들의 주된 모티브가 되고 있습니다.

좀 과감하게 결론 내린다면 시인이 되기 위해서는 그 무엇이건 감옥 비슷한 것을 경험할 필요가 있다고 할 수 있을 것입니다. 하지만 그의 예술가로서의 소명의 뿌리는 그가 감옥에서 겪은 경험보다는 그를 감옥으로 이끈 행위와 더 긴밀하게 연결되어 있는 것이 아닐까 하는 의혹을 품어볼 수 있지 않을까요? 소설을 쓰는 은행가란 매우 드문 일입니다. 하지만 범죄를 저지른 적이 없는 은행가, 도덕적으로 아무 흠결이 없는 건실한 은행가가 소설을 쓴다? 그런 일은 결코 본 적이 없습니다. 아, 네, 웃고 싶으면 웃어요. 하지만 반쯤은 진담으로 한 이야기입니다. 이 세상에 예술 작품 생산에 관한 문제, 그것이 인간에게 어떤 작용을 하는가 하는 문제보다 더 골치 아픈 문제는 없습니다. 가장 전형적인, 따라서 모든 예술가들 중에서 가장 강력한 예술가의 가장 비범한 작품을 예로 들어봅시다. 동시에 지극히 병적이면서 외설적인 작품이기도 하지요.

　바로 『트리스탄과 이졸데』입니다. 이 작품이 건전하고 정상적인 감수성을 가진 젊은이에게 어떤 영향을 미칠 것인지 생각해 봅시다. 그 젊은이는 정신이 고양되고 강인해졌다고 느낄 것이며 열렬하고 고상한 열광에 사로잡혀 자기도 창작을 해보겠다는 자극을 받게 될지도 모릅니다……. 선량한 딜레탕트! 우리들, 그 청년과는 다른 우리 예술가들의 영혼 속은 그가 ‘열렬한 가슴으로’, ‘진지한 열정’에 휩싸여 상상한 것과는 전혀 다릅니다. 나는 예술가들이 여인들과 청년들에게 둘러싸여 환호받는 광경을 봅니다. 그런 게 아닌데……. 우리는 예술 창작의 기원과 발현에 대해서, 예술 창작의 조건에 대해서 아주 놀라운 발견들을 끊임없이 하고 있습니다.”

　“토니오 크뢰거 씨, 다른 사람들이 그렇다는 말인가요? 아니면, 실례지만, 당신도 그런 발견을 한다는 말인가요?”

　그는 대답하지 않았다. 그는 비스듬한 눈썹을 찌푸리고는 휘파람을 불었다. 그러자 그녀가 다시 말했다.

　“자, 찻잔을 이리 주세요, 토니오. 너무 연하게 탄 것 같아요. 담배도 한 대 더 피워요. 어쨌든 당신은 꼭 그럴 필요가 없는 그런 방식으로 사물을 본다는 걸 당신도 인정하겠지요?"

"리자베타, 그건 햄릿에게 호라시오가 한 대답이로군요. '그런 방식으로 사물을 본다'는 건 너무 섬세하게 본다는 뜻이지요?"

"나는 단지 다른 관점으로도 그렇게 섬세하게 볼 수 있다고 말하고 싶은 거예요. 토니오, 나는 그저 어리석은 여류 화가일 뿐이에요. 내가 당신에게 대답을 하더라도, 당신의 생각과는 달리 당신의 천직을 옹호하더라도 내가 해줄 수 있는 말은 하나도 새로운 게 아니에요. 그저 당신 자신도 잘 알고 있는 걸 당신에게 상기시켜 줄 뿐이지요…… 문학이 지닌 정화 작용, 정신을 신성하게 만드는 힘, 인식과 표현에 의해 정염을 가라앉히는 작용, 언어가 지닌 해방의 힘 같은 것에 대해 말하는 것, 문학을 이해와 용서와 사랑으로 이끄는 작용을 하는 것으로, 문학의 정신을 인간 정신의 가장 고결한 표명으로, 작가를 가장 완전하고 신성한 존재로 간주하는 것, 그것 또한 문학을 다른 관점으로 섬세하게 보는 태도가 아닐까요?"

"리자베타, 당신에게는 그런 말을 할 권리가 있어요. 당신 나라의 시인들, 러시아의 경탄할 만한 문학 작품들을 볼 때 충분히 그럴 만해요. 그것들은 방금 당신이 말한 그런 신성한 문학입니다. 그렇다고 나에 대한 당신의 반론을 나와는 상관없는 것으로 여기겠다는 뜻은 아닙니다. 제 머릿속 일부를 차지하고 있는 생각이기도 하니까요……. 자, 나를 봐요. 내가 몹시 활달해 보이지는 않지요? 어때요, 좀 늙어 보이고 피곤하고 지쳐 보이지요? 자, '인식'의 문제로 되돌아가보지요. 그리고 한 남자를 떠올려봐요. 천성적으로 선을 믿고 유순하며 호의를 품고 있고 약간 감상적인 그런 남자, 그런데 심리적으로 사람과 사물을 꿰뚫어보는 능력이 있어서 완벽히 지치고 파괴되어 버리게 될 그런 남자 말입니다. 이 세상 비애에도 압도당하지 않습니다. 제아무리 고통스러운 것이라도 관찰하고 기록하고, 그러는 가운데 발견한 것들을 이용하면서 즐거워합니다. 그가 발견해낸 끔찍한 것들, 즉 '실존'에 대한 자신의 정신적, 도덕적 우월감을 의식하면서 즐거워하는 겁니다. 그래요, 정말 그렇습니다! 하지만 그런 표현의 즐거움에도 불구하고 그 모든 것이 어느 정도 자신을 침잠에 빠지게 하는 순간이 있습니다. 모든 것을 이해한다는 것은 모든 것을 용서한다는 뜻인가? 나는 잘 모르겠습니다.

리자베타, 인간의 정신에는 내가 '인식에 대한 혐오'라고 부르는 상태가 존재합니다. 어떤 사물, 어떤 현상을 꿰뚫어보는 것만으로도 죽고 싶어질 정도로 혐오감이 치솟는(절대로 용서하고 싶지 않은) 그런 상태 말입니다. 덴마크인 햄릿, 전형적인 문학가 유형인 그가 보여주는 그런 상태 말입니다. 그는 알기 위해 태어난 것이 아닌데 알아야 할 운명에 처한다는 것이 어떤 것인지 알고 있었습니다. 아직 두 눈을 가리고 있는 흐릿한 눈물을 통해 똑바로 보아야 한다는 것, 알아보고 주목하고 관찰해야 하고 그 관찰한 것을 미소 지으며 모른 척해야 한다는 것, 두 손을 꽉 맞잡은 경우에도, 입술이 서로 만나는 경우에도, 감정의 힘에 눈이 멀어 시선이 흐려지는 순간에도 그래야 한다는 것……. 리자베타, 그건 비열하고 사악하고 화가 치미는 일입니다……. 하지만 리자베타, 화를 내본들 무슨 소용이 있을까요?

이 문제에 관해서는 또 다른 재미있는 측면이 있습니다. 바로 진리 자체에 대해 사람들이 보이는 무감각한 무관심, 역설적인 권태입니다. 경험이 많고 지적인 사람들이 모여 있을 때보다 사람들의 말수도 적고 활기가 없는 경우는 없습니다. 그런 자리에서는 '앎'이란 그저 진부하고 따분한 것일 뿐입니다. 진리를 획득하고 자기 것으로 만들면서 당신에게 젊은이로서의 환희를 안겨주었던 그 진리를 그 자리에서 한번 표명해보세요. 사람들은 아마 무슨 진부한 이야기를 하느냐는 듯 '뭐, 당연하지'라고 대답할 것입니다……. 아, 그렇습니다, 리자베타! 문학은 사람들을 피곤하게 만듭니다. 장담하지만 순전히 회의적인 태도를 보이거나 자신의 의견을 자제하면 당신은 사람들 사이에서 바보 취급을 당할 수 있습니다. 자존심 때문이라든가, 혹은 용기가 나지 않아서일 뿐인데…… '앎', 혹은 '인식'에 대해서는 그 정도 하지요. 이제 '표현'에 대해 말해보겠습니다.

표현이란 감정을 해방시킨다기보다는 그것을 냉각시키고 얼어붙게 만드는 것이 아닐까요. 정말입니다. 문학적 표현을 통해 감정을 어리석을 정도로 피상적으로 풀어놓는 것에는 얼음처럼 냉정하고 역겨운 의도가 들어 있습니다. 당신의 가슴이 너무 벅차 있고 어떤 감동적이고 비장한 체험을 해서 너무 감동을 받았다고 치지요. 너무 간단합니다. 작가의 집으로 찾아가세요. 그러면 얼마 지나지 않아 모든 게 다 잘 정리될 겁니다. 그는 당신이 겪은 일을 분석하고 공식화한 다음, 그 일에 이름을 부여하고 그것을 말로 표현할 것입니다. 그러면 당신을 사로잡고 있던 게 말끔히 치워지고 영원히 그에 대해 무관심하게 될 겁니다. 작가는 자신이 해준 일에 대해 감사의 말을 요구하지도 않을 겁니다. 그러면 당신은 한결 가볍고 침착하고 밝은 마음으로 집으로 돌아오면서 도대체 조금 전에 어떻게 그런 감미로운 마음의 동요에 빠져들었던 것인지 의아해할 겁니다. 그런데도 당신은 이 냉정하고 허영심에 가득 찬 협잡꾼을 옹호하겠다는 겁니까? '표현된 것은 해결된 것이다'라는 것이 그 협잡꾼의 신앙 고백입니다. 이 세상 전체가 표현된다면 세상 전부가 해결되고 해방된 것이며 폐기된 것이니…… 아주 잘된 거지요! 그렇다고 내가 허무주의자는 아니지만……."

"그래요, 당신은 허무주의자가 아니에요." 리자베타가 말했다. 그녀는 차 스푼을 막 입가로 가져가는 중이었다가 그 자세로 그대로 굳어 있었다.

"좋아요, 좋아……. 리자베타, 그렇게 멍한 표정 지을 거 없어요. 나는 분명 허무주의자가 아니니까. 적어도 살아 있는 감정에 관한 한……. 당신도 알다시피 글쟁이란 근본적으로 삶이란 한번 설명이 되고 해결이 되더라도 계속 살아간다는 것, 결코 그것을 부끄러워하지 않는다는 것을 모르는 자들이에요. 그런데, 보세요, 문학에 의해 삶이 해방되더라도 삶은 조금도 흔들림 없이 계속 용감하게 죄를 범할 겁니다. 정신의 눈으로 볼 때 모든 행동은 죄악이니까요.

리자베타, 이제 내 말은 끝났어요. 나는 삶을 사랑합니다. 이건 고백입니다. 그 말을 받아들이고 간직해줘요. 아직 아무에게도 한 적이 없는 말이니까요. 내가 삶을 싫어한다고, 혹은 두려

위하거나 경멸하거나 증오한다고 말하는 사람도 있고 심지어 글로 써서 활자화한 사람도 있어요. 나는 그런 말을 듣는 것이 즐거워요. 우쭐하게 만들어주니까요. 그렇다고 해서 그 말이 사실이라는 건 아니지요. 나는 삶을 사랑해요⋯⋯. 리자베타, 웃고 있군요. 왜 웃는지 나는 알아요. 하지만 제발 부탁인데 내가 지금 한 말을 문학에 대해 한 말이라고 오해는 하지 말아줘요. 그렇다고 해서 체사레 보르지아(중세 이탈리아의 전제군주. 마키아벨리가 『군주론』에서 모델로 삼았음 - 옮긴이 주)라든지 그를 떠받드는 그 어떤 술 취한 철학을 떠올리지는 말아요. 나는 그를 경멸하며 하등 중요하게 여기지도 않을 뿐더러 그런 해괴망측하고 악마적인 인간을 왜 이상적이라고 떠받드는 건지 이해할 수 없어요. 우리처럼 평범한 것 밖에 있는 사람들에게도 삶은 정신 및 예술과 영원히 대립되는 것 같은 그 어떤 것으로 보일 뿐이지 피비린내 나는 위대함이나 야만적인 아름다움, 혹은 비정상적인 것의 환영으로 보이지는 않습니다. 내 욕망이 향하는 왕국은 정상적인 것, 이치에 맞는 것, 사랑스러운 것, 진부한 매력을 발산하는 것들로 이루어져 있습니다. 친애하는 리자베타, 궁극적인 꿈이, 가장 깊은 꿈이, 세련되고 기발하고 악마적인 것을 향하고 있는 자는 예술가가 되기에는 어림도 없는 자입니다. 천진

제4장

69

난만한 것, 단순한 것, 삶, 약간의 우정, 포기, 신뢰, 인간의 행복, 그런 것들을 열망한다는 것이 무엇인지 모르는 자들은 예술가가 되기에는 아직 먼 자입니다. 은밀하게, 그리고 애타게 통상적인 삶의 기쁨을 열망한다는 것이 무엇인지 모르는 자들은!

오, 인간적인 친구! 내가 '세상 사람들' 중에 단 한 명이라도 친구로 지내는 사람이 있다면 정말 행복하고 자랑스러워하리라는 것을 믿을 수 있겠어요? 하지만 이제까지 나는 악마들, 괴물들, 가장 매력 없는 사람들, '앎'으로 인해 벙어리가 되어버린 유령들, 한 마디로 '글쟁이들' 친구밖에는 없었어요.

이따금 나는 강단에 올라 내 이야기를 들으려고 실내에 모인 사람들과 마주합니다. 그럴 때면, 리자베타, 나는 청중을 쓱 둘러보며 청중들 가운데 나를 위해 온 사람은 없는지, 그 찬사와 감사가 내게까지 울리는 사람은 없는지, 내 예술과 이상적인 끈으로 맺어진 사람은 없는지 가슴 조이며 찾고 있는 내 모습을 발견하게 됩니다……. 하지만 리자베타, 나는 내가 찾는 사람을 발견하지 못합니다. 나는 그저 내가 익히 알고 있는 한 무리의 신자들만 발견할 뿐입니다. 말하자면 초기 기독교 신자들 모임처럼 성치 않은 몸에 아름다운 영혼을 가진 사람들, 항상 넘어지는 사람들, 말하자면 어떤 식으로건 시를 삶에 대한 감미로운 복수로 여기는 사람들,―내 말을 이해할 수 있겠지요?―언제나 고통 받고, 무언가를 갈망하는 불우한 사람들뿐입니다. 저, 다른 사람들, 그러니까 푸른 눈을 가진 사람들, 정신을 필요로 하지 않는 사람들은 오지 않는단 말입니다!

그런데 그러지 않았기를, 즉 그런 사람들이 와주었기를 바란다는 것은 기본적으로 심히 유감스러운 모순이 아니겠어요? 삶을 사랑하면서 그럼에도 불구하고 그 삶을 무슨 수를 써서라도 자기 쪽으로 끌어들이려고 애쓰는 것, 그 삶을 문학이라는 섬세함과 우울함과 병적인 고상함 쪽으로 이끌려 애쓰는 것은 앞뒤가 맞지 않는 일이 아니겠어요? 이 땅에서 문학의 영향력은 증가하고 있고 건전하고 순수한 것의 지배력은 줄어들고 있습니다. 우리는 그 얼마 남지 않은 영역을 지극히 공들여 지켜내야 하고 승마 교본의 스냅 사진을 즐겨 보는 사람들에게 시를 사랑하라고 유혹해서는 안 됩니다!

정말이지, 시험 삼아 예술에 한눈을 파는 삶처럼 가련한 모습이 어디 있겠습니까? 우리 예술가라는 이방인들은 그 누구보다도 딜레탕트를 철저하게 경멸합니다. 정상인의 삶을 살아가면서 기회가 되면 추가로 예술가가 될 수도 있다고 꿈꾸는 자들 말입니다. 그리고 나 자신도 그런 경멸감을 개인적으로 경험한 적이 있습니다.

　나는 아주 교양 있는 사람들의 사교 모임에 간 적이 있었습니다. 모두들 먹고 마시며 환담을 나누었고 서로 잘 통했습니다. 나는 잠시나마 자신을 잊고 솔직하고 정상적인 사람들 틈에서 그들과 비슷한 사람이라도 된 듯 지낼 수 있게 된 것이 기쁘고 고맙기도 했어요. 그런데 갑자기 위관급 장교 한 명이 자리에서 일어났습니다(그런 일이 벌어진 겁니다). 잘생기고 씩씩한 젊은이였기에 설마 자신의 명예로운 제복에 어울리지 않는 행동을 하리라고는 상상도 할 수 없었습니다. 그런데 그가 자신이 쓴 시를 낭송하는 걸 허락해달라고 망설이지도 않고 당당하게 말하는 것이었습니다. 사람들은 당황한 듯했지만 미소를 지으며 그의 청을 들어줍니다. 그는 자신의 계획을 실행에 옮깁니다. 자신의 상의 속에 감추어두었던 종이쪽지를 꺼내더니 자작시를 낭송한 겁니다. 음악과 사랑에 관한 시로서 하찮다기보다는 그런대로 깊은 감정이 들어 있었습니다.

　하지만 당신에게 정말 묻고 싶어요. 중위가! 사교계 인물이! 정말 그럴 필요가 있는가! 그런데 아니나 다를까, 당연히 벌어질 일이 벌어지고 말았습니다. 멍한 얼굴들, 침묵, 마지못한 듯 약간의 억지 박수 소리, 이어서 찾아온 이루 말할 수 없이 불편해하는 모습들……. 그 순간 내가 제일 먼저 자각할 수 있었던 것은, 이 젊은이가 이 모임 한가운데 던져 놓은 그 불편한 분위기에 대해 나 스스로도 일말의 책임을 느끼고 있다는 사실이었습니다. 사람들의 조롱하는 듯한 차가운 시선은 분명 내게로도 향하고 있었으며 그것은 이 불행한 젊은이가 망가뜨려버린 그 직업을 내가 갖고 있기 때문이었습니다.

이어서 두 번째 내게 든 자각은 이런 것이었습니다. 그것은 조금 전까지만 해도 내가 그 인품과 매너에 대해 진심으로 존경심을 품고 있던 이 인물이 갑자기 내 눈에 왜소해지고, 왜소해지고, 또 왜소해졌다는 사실입니다……. 나는 그를 향한 호의적인 동정심에 사로잡혔습니다. 나는 몇몇 용감하고 자비로운 신사들과 함께 그의 곁으로 가서 말했습니다.

'축하합니다, 중위님! 정말 멋진 재능입니다! 아주 매력적인 시입니다!'

그러면서 하마터면 그의 어깨를 두드려줄 뻔했습니다. 하지만 과연 그 중위가 우리에게 불러일으킨 것이 정말로 그런 호의적인 감정이었을까요? 결코 아닙니다. 그리고 그건 그의 잘못입니다. 그는 너무나 당황한 채 그가 저지른 잘못의 대가를 치르면서 그곳에 서 있었습니다. 그는 자신의 '삶'에서 아무런

제4장

73

대가나 희생도 치르지 않은 채 예술이라는 월계수에서 잎사귀 하나를, 단 하나의, 잎사귀 하나쯤 따도 괜찮겠지, 라는 오류를 범한 겁니다. 그럴 수는 없습니다. 그런 점에서 나는 내 동료, 범죄를 저지른 은행가 편입니다……. 그건 그렇고, 리자베타, 내가 오늘 마치 햄릿이라도 된 양 너무 말이 많다고 생각하지 않습니까?"

"이제 끝났어요, 토니오 크뢰거?"

"아닙니다. 하지만 오늘은 이만하겠습니다."

"그만 하면 충분하기도 하지요. 내 대답을 기다려요?"

"무슨 해줄 말이 있나보지요?"

"있을 것 같아요. 처음부터 끝까지 당신 말씀 잘 들었어요. 이제 당신이 오늘 해준 말 전부에 합당한 대답을 하나 해주고 싶어요. 당신이 그토록 괴로워하는 문제에 대한 답이기도 해요. 자, 들어봐요! 그 해답은 이거예요. 당신은 당신의 지금 모습 그대로 그저 한 사람의 시민이라는 거예요."

"내가요?" 그가 되물었다. 약간 기운 빠진 목소리였다.

"좀 잔인했나요? 필경 그렇게 여겨질 수도 있겠네요. 그러니 판결을 좀 부드럽게 누그러뜨리지요. 그 정도는 할 수 있으니까요. 토니오 크뢰거, 당신은 '길을 잘못 든 시민'이에요. 길을 잃은 시민이요."

침묵이 흘렀다. 이윽고 그가 결연히 일어나더니 모자와 지팡이를 집어 들었다.

"고맙습니다, 리자베타 이바노브나. 이제 평온한 마음으로 집으로 돌아갈 수 있겠습니다. 내 경우는 *해결이 되었으니까요*."

제5장

가을 무렵, 토니오 크뢰거가 리자베타 이바노브나에게 말했다.

"리자베타, 여행을 가야겠어요. 바람을 좀 쐬어야겠어요. 이곳을 떠나 바깥 공기를 마셔야겠어요."

"뭐라고요? 다시 이탈리아로 갈 건가요?"

"맙소사, 이탈리아 이야기는 꺼내지도 말아요, 리자베타! 이탈리아는 관심이 없다 못해 경멸스럽기까지 하니까요. 이탈리아가 내 조국인 양 상상했던 것도 이미 오래전 일이에요. 예술? 그래요, 벨벳처럼 푸른 하늘, 맛 좋은 포도주, 감미로운 관능……. 간단히 말해 그런 건 이제 아무 흥미도 없어요. 그런 것들은 포기했어요. 그런 모든 이탈리아적인 아름다움은 내 신경을 돋울 뿐입니다. 너무나도 활기에 넘치는 저 남쪽 사람들, 동물처럼 새까만 눈을 가진 그 사람들을 더 이상 견딜 수 없어요. 그 라틴족 사람들 눈에는 '의식'이 깃들어 있지 않아요……. 그래요, 나는 지금 덴마크로 잠시 가볼 겁니다."

"덴마크요?"

"네, 많은 기분 좋은 일이 있을 것 같아요. 어린 시절을 온통 국경 근처에서 보냈으면서도 어찌된 일인지 그곳에는 한 번도 가본 적이 없어요. 하지만 늘 그 나라를 좋아했고 잘 알고 있었어요. 북쪽 지방을 향한 내 취향은 아버지로부터 온 것 같아요. 어머니는 어느 쪽이건 좋아하셨겠지만 굳이 택하라면 남쪽을 택했을 거예요.

리자베타, 저 북쪽 나라에서 나오는 책들, 심오하고 순수하고 유머에 가득 찬 책들을 생각해봐요. 내가 보기에는 그보다 나은 책들은 없는 것 같아요. 나는 그것들을 좋아합니다.

스칸디나비아의 음식은 어떻고요. 정말 비할 바 없는 음식들이지요. 소금기가 진하게 밴 공기와 함께 해야만 소화할 수 있는 음식들이지요(내가 여전히 그 음식들을 소화해낼 수 있을지는 모르겠어요). 내 고향이 그곳과 가까워서 그 음식들에 대해서 조금은 알고 있어. 내 고향에서도 그런 식의 음식을 먹었으니까요. 이번에는 그곳 사람들의 성과 이름들을 한번 생각해봐요. 우리

고향에도 그런 이름들이 널리 퍼져 있었어요. '잉게보르크' 같
은 이름을 한번 발음해봐요. 가장 시적인 순수함이 하프 연주
를 통해 들리는 것 같지 않아요? 그리고 또 바다는! 리자베타,
저 아래 위쪽에는 발트해가 있어요!

잘라 말해서 나는 그곳으로 갈 겁니다, 리자베타. 발트해를
다시 보고 싶어요. 그 이름들을 다시 듣고 싶어요. 그곳의 책들
을 그곳에서 다시 읽고 싶어요. 그리고 크론보르크 성채의 테
라스도 한번 밟아보고 싶어요. 유령이 햄릿에게 나타나 그 고
귀하고 불행한 젊은이를 슬픔과 죽음으로 몰아넣은 그곳 말입
니다."

"어떻게 해서 거기로 갈 건가요, 토니오? 괜찮다면 말해줘
요. 어떤 길을 택할 건가요?"

"그냥 보통 길로요." 토니오는 어깨를 으쓱하며 대답했다. 그
의 얼굴이 눈에 띄게 붉어졌다. "그래요, 나는…… 리자베타,
13년이 지난 지금, 내가 떠나왔던 곳을 되짚어 가려는 겁니다.
아주 우스꽝스러운 짓이 될지도 모르지요."

그녀가 미소 지었다.

"토니오, 내가 듣고 싶었던 건 바로 그거예요. 자, 어서 떠나
요. 하느님이 당신과 함께 하기를! 잊지 말고 편지해요, 알겠어

요? 그곳……, 덴마크에 머무는 동안의 풍성한 경험이 담긴 편지를 기대하고 있을게요."

제6장

그리하여 토니오 크뢰거는 북쪽을 향하여 떠났다. 편안한 여행길이었다(그는 내면적으로 다른 사람들보다 고통스러운 삶을 사는 사람들은 외적으로는 얼마간 안락하게 살아갈 권리가 있다고 말하곤 했다). 그는 쉬지 않고 여행을 계속하여 마침내 자신이 떠나왔던, 집들이 빽빽하게 붙어 있던 그 도시, 회색 하늘에 탑들이 높이 솟아 있는 그 도시에 도착했다. 그는 그곳에 짧게 머물면서 이상한 일을 겪었다.

열차가 연기에 그을린 좁은 역 구내, 이상하게도 친밀감이 느껴지는 역 구내로 들어섰을 때는 우중충하던 오후에서 이미 저녁으로 넘어가는 때였다. 옛날, 토니오 크뢰거가 마음속에 오로지 조롱기만 담고 이곳을 떠났을 때와 마찬가지로 지저분한 유리 지붕 아래로 수증기가 몇 뭉치씩 피어올라 몇 조각으로 갈라지더니 이리저리 흩어졌다.

그는 가방을 챙겨 호텔로 옮겨 달라고 말한 다음 역을 떠났다.

역 밖에는 터무니없이 높고 큰 검은 쌍두마차들이 줄지어 늘어서 있었다. 그는 마차를 잡아타지 않고 그저 바라보기만 했다. 이어서 눈에 들어오는 모든 것들, 이웃해 있는 지붕 너머로 서로 인사를 나누고 있는 것 같은 지붕의 좁은 박공들과 뾰족한 첨탑들, 큰 소리로, 하지만 빠르게 말을 하면서 태평하고 느리게 걷고 있는 금발의 사람들을 바라보았다. 그러자 그에게서 신경질적인 웃음이 터져 나왔다. 마치 흐느낌과 은밀하게 가까워 보이는 것 같은 웃음이었다. 그는 얼굴을 향해 끊임없이 불어오는 바람을 맞으며 천천히 걸어갔다. 그는 난간에 신화 속 인물들의 조상(彫像)이 새겨진 다리를 건너 항구를 따라 얼마간 거닐었다.

맙소사, 모든 것이 어찌 이렇게 작고 구불구불해 보인단 말인가! 박공지붕들 사이로 난 이 좁은 길은 언제나 이렇게 우스꽝스러울 정도로 가파르게 시내를 향해 기어오르고 있었단 말인가! 선박들의 굴뚝과 돛대가 흐릿한 강물 위에서 황혼 무렵의 바람을 맞으며 천천히 흔들리고 있었다. 이 길을 따라 올라가 저 구석, 마음속에 떠오른 집이 있는 곳까지 올라가볼까?

제6장

81

아니, 내일 가보자. 지금은 너무 졸리다. 여행의 피로로 인해 머리가 무거웠고 안개처럼 천천히 피어오른 생각들이 머릿속을 스쳐지나갔다.

지난 13년 동안 그는 비탈진 골목길에 있는 그 고택에 다시 와 있는 꿈을 가끔 꾸곤 했다. 그때마다 아버지는 여전히 그곳에 계셨고 전과 똑같이 그의 무분별한 생활 태도를 호되게 꾸짖으셨다. ─그는 늘 그 꾸짖음이 지극히 당연하다고 생각했었다─그런데 그 꿈을 꾸는 지금의 자신의 모습이 그 꿈속의 허상과 전혀 구별되지 않았다. 그는 꿈속의 그 허상의 고리를 전혀 끊어버리지 못했기에 꿈을 꾸는 동안 그것이 꿈인지 현실인지 의아해할 수밖에 없었다. 그리고 '그래, 이건 꿈이 아니고 현실이야'라고 결론을 내리는 순간 결국 꿈에서 깨어나곤 했다.

그는 인적이 거의 없고 바람이 세차게 불어오는 거리를 고개를 숙이고 바람을 맞으며 마치 몽유병 환자처럼 호텔 쪽으로 걸어갔다. 이 도시에서 최고급 호텔이었으며 그는 그곳에서 하룻밤을 지낼 계획이었다. 그의 앞쪽에서 다리가 휜 사내 한 명이 끝에 작은 불꽃이 타오르고 있는 장대를 들고 마치 선원처럼 건들거리는 걸음으로 걸어오더니 거리의 가로등에 불을 붙였다.

토니오 크뢰거는 어떤 상태였는가? 이 피곤함의 잿더미 아래 밝은 불꽃이 되어 타오르지 못하고 어둡게, 그리고 고통스럽게 웅크리고 있는 이 불은 과연 무엇이란 말인가? 조용히, 조용히! 한 마디 단어도 내뱉지 말고! 아무 말도 하지 않고! 그렇게 오랫동안, 바람을 맞으며, 황혼이 깃든 친근한 거리를 기꺼이 걸어가리라! 그러나 이곳은 모든 것들이 붙어 있었고 모든 것들이 가까웠다. 그는 어느새 목적지에 도달해 있었다.

도시 높은 곳에 아치형 가로등이 있었고 막 불이 밝혀져 있었다. 호텔은 그곳에 있었다. 토니오는 입구에 웅크리고 있는 두 마리의 검은 사자 상(像)을 알아볼 수 있었다. 어릴 때 그가 무서워했던 것이었다. 두 마리 사자는 마치 재채기라도 하려는 듯 서로를 바라보고 있었다. 토니오는 옛날보다 몸집이 훨씬 작아진 것 같은 두 마리 사자 사이를 지나갔다.

그가 걸어서 호텔로 들어섰기에 그는 별로 정중한 대접을 받지 못했다. 수위와 검은 정장을 입은 매우 세련된 사내가 그를 맞이했다. 그 사내는 새끼손가락으로 커프스단추를 끊임없이 소매 속으로 밀어 넣고 있었다. 그들은 토니오를 머리부터 발끝까지 탐색하듯 훑어보았다. 그의 신분과 사회적 지위를 어름하고 그에 걸맞은 대접을 하려는 것이 분명했다. 하지만 그들은 만족스런 결론에 도달하지 못한 채 적당히 정중하게 대하기로 마음먹은 것 같았다. 연한 금발의 구레나룻을 기른 온순해 보이는 급사 한 명이—그는 낡아서 반들거리는 연미복을 입고 있었으며 장미꽃이 달려 있는 부드러운 구두를 신고 있었다— 그를 3층으로 안내해주었다. 토니오 크뢰거는 고풍의 단정한 가구들이 비치되어 있는 방으로 들어갔다.

창 너머로 황혼의 어스름한 빛 속에 호텔 근처의 정원들, 박공지붕들, 기이한 모습의 교회 건물들이 마치 중세의 그림처럼 아름답게 펼쳐져 있었다. 토니오 크뢰거는 창문 앞에 잠시 서 있다가 팔짱을 끼고 소파에 앉으며 눈썹을 찌푸리고 휘파람을 불기 시작했다.

급사가 등불과 그의 짐을 가져왔다. 온순해 보이는 그 급사가 탁자 위에 숙박계를 올려놓았다. 토니오는 고개를 옆으로 기울인 채 이름과 주소, 출생 등을 그냥 그럴 듯하게 적어 놓았다. 이어서 그는 저녁 식사를 주문하고는 소파 한구석에 앉아 계속 멍하니 허공을 응시했다. 음식이 그 앞에 놓였는데도 그는 한동안 손도 대지 않고 있다가 이윽고 한두 입 먹는 둥 마는 둥 건드렸을 뿐이었다. 그런 후 그는 한 시간을 방 안을 서성이며 이따금 멈춰 서서 두 눈을 감기도 했다. 이어서 그는 천천히 옷을 벗고 침대에 누웠다. 그는 이상한 그리움과 열망이 뒤얽힌 어지러운 꿈을 꾸면서 오랫동안 잠을 잤다.

그가 잠에서 깨어났을 때 방 안에는 햇빛이 넘쳐흐르고 있었다. 잠시 멍해 있던 그는 자신이 지금 어디 있는지 황급히 생각을 추스르고는 자리에서 일어나 커튼을 열어젖혔다. 이미 약간 창백한 빛을 띠기 시작한 늦여름의 푸른 하늘에는 바람에 풀어 헤쳐진 얇은 구름 조각들이 흘러가고 있었다. 하지만 고향 도시 위에서 태양은 환하게 빛을 발하고 있었다.

그는 평소보다 꼼꼼하게 공들여 몸치장을 했다. 그는 정성껏 세수와 면도를 한 다음 마치 격조 있고 고상한 사람들을 방문해서 그들에게 흠잡을 데 없이 우아한 인상을 심어주기라도 하려는 듯 산뜻하고 말끔하게 차려 입었다. 그는 옷을 입으면서 불안하게 뛰고 있는 자신의 심장 고동 소리에 귀를 기울이기도 했다.

오, 바깥 날씨는 얼마나 밝았던지! 만일 어제처럼 황혼 빛에 어두운 거리였다면 그는 마음이 좀 더 편했으리라! 이제 그는 빛나는 햇빛 아래 사람들의 눈에 훤히 노출된 채 거리를 지나야 할 판이었다. 만일 아는 사람을 우연히 만나서 걸음을 멈추고 지난 13년 동안 어떻게 지냈느냐는 질문에 대답을 해야 하는 일이라도 생긴다면? 아니다, 다행히도 그를 알 만한 사람은 하나도 없었다. 설령 그를 기억하고 있는 사람을 만나더라도 그를 알아보지는 못할 것이다. 그동안 그는 정말로 상당히 변해 있었던 것이다. 그는 조심스럽게 거울을 들여다보았다. 그는 갑자기 안심이 되었다. 이 가면 뒤에서라면, 이미 찌들어 실제 나이보다 더 늙어 보이는 이 얼굴 뒤에서라면……. 그는 아침 식사를 방으로 가져오게 하고 식사를 마친 후 방을 나섰다. 그는 수위와 검은 정복을 입은 말쑥한 사내의 탐색하는 듯한 시선을 받으며 현관을 나서서 두 마리 사자 상 사이를 지나 거리로 나왔다.

어디로 갈 것인가? 그 자신조차 알 수 없었다. 어제와 마찬가지였다. 다시 한번, 이상하리만치 품위가 있으며 마치 까마득한 옛날부터 친숙했던 것처럼 여겨지는 것들에―이 박공머리 지붕들, 첨탑들, 아치형 길들, 분수들―둘러싸여 있게 되자, 또한 다시 한번, 저 멀리서 온 꿈처럼 섬세하고 짙은 향기를 실어 오는 것 같은 그 세찬 바람을 얼굴에 맞자마자 일종의 베일이, 일종의 안개로 짠 직물 같은 것이 그의 의식을 감싸버리는 것이었다……. 그의 얼굴 근육이 풀어졌다. 그는 차분해진 시선으로 사람들과 사물들을 바라보았다. 어쩌면 저곳, 저 길모퉁이에서 잠에서 깨어나리라…….

어디로 갈 것인가? 그에게는 그가 잡고 있는 방향이 그가 지난밤에 꾼 슬픈 꿈, 수많은 회한으로 가득 찬 그 이상한 꿈과 무슨 연관이 있는 것 같았다……. 그는 시장 쪽을 향하고 있었다. 그는 시청 건물의 아치형 통로를 지나 정육점 주인들이 피묻은 손으로 고기를 저울에 달고 있는 가게를 지나 조각이 새겨진 뾰족한 고딕식 분수가 높이 서 있는 광장으로 갔다. 그곳에서 그는 어느 집 앞에서 멈추었다. 다른 집들과 마찬가지로 폭이 좁고 소박했으며 채광창이 달린 활처럼 휜 박공지붕을 하고 있었다. 그는 그 지붕을 멍하니 바라보았다. 이어서 그는 현관문에 붙은 문패의 이름을 읽었고 이어서 창문 하나하나에 시선을 멈춘 다음 이윽고 천천히 몸을 돌려 그곳을 떠났다.

어디로 갈 것인가? 옛날 살던 집으로 갔다. 하지만 그는 마을 밖을 빙 돌아 산책을 하며 그곳으로 갔다. 시간이 있었기 때문이다. 그는 뮐렌 성곽 길과 홀스타인 성곽 길을 따라 걸었다. 그는 나뭇가지 사이로 윙윙 소리를 내며 불어오는 바람에 모자가 날아가지 않도록 잔뜩 눌러 썼다. 이어서 그는 기차역으로부터 별로 떨어지지 않은 곳에서 성곽 산책길로부터 벗어났다. 그는 기차가 무거운 숨을 내뿜으며 지나가는 것을 바라보았고

제6장

87

재미삼아 객차 수를 세어보았으며 기차 맨 뒤 칸 끝자리에 앉아 있는 사람을 눈길로 뒤따르기도 했다.

그는 보리수 광장에 이르자 그곳에 늘어서 있는 아름다운 저택들 중 한 채 앞에서 걸음을 멈추었다. 그는 오랫동안 정원을 살펴보고 창문들을 올려보았다. 그리고 마침내 정원의 격자 철문을 이리저리 흔들었고 그러자 철문이 삐걱거리는 소리를 냈다. 이어서 그는 녹이 묻은 자신의 차가운 손을 잠시 바라보더니 다시 길을 걸어가기 시작했다. 이번에는 좀 먼 길이었다. 그는 나지막한 낡은 성문을 지나 항구를 따라 걷다가 바람이 심하게 불어오는 가파른 길을 올라가 부모님들이 살던 집에 이르렀다.

그 집은 지붕이 더 높은 집들에 둘러싸인 채 300년 전부터 늘 그랬던 것처럼 잿빛을 띤 채 의연하게 그 자리에 서 있었다. 토니오 크뢰거는 현관 위쪽에 새겨진, 반쯤 지워진 경건한 문구 한 구절을 읽었다. 이어서 그는 숨을 한 번 크게 몰아쉬고 안으로 들어갔다.

그의 가슴이 불안하게 뛰고 있었다. 그가 그 앞을 지나가고 있는 1층의 어느 문에선가 사무실 복장에 귀에 펜을 꽂은 아버지가 문득 걸어 나와서 그를 붙잡아 세우고 그의 무절제한 생활을 엄하게 꾸짖을 것만 같은 때문이었다. 그가 당연한 일로 받아들였을 그런 꾸지람을……. 하지만 그는 아무런 방해도 받지 않고 그곳을 지나갔다. 현관 안쪽의 이중문도 잠겨 있지 않았으며 살짝 밀자 열렸다. 그는 이 또한 비난받을 만한 일로 보였다. 하지만 동시에 자신이 무슨 가벼운 꿈의 노리개가 되어, 자기 앞의 장애물들이 저절로 치워지고 아무런 어려움 없이 앞으로 나아가는 경이로운 행운을 누리고 있는 것처럼 느껴지기도 했다.

그가 커다란 포석이 깔린 널찍한 마루를 지나갈 때는 그의 발자국 소리가 울렸다. 아무 소리도 들려오지 않는 부엌 맞은편에는 전과 마찬가지로 마룻바닥보다 꽤 높은 곳에 이상하게 생기긴 했지만 깔끔하게 래커 칠이 되어 있는 목조 단칸방들이 삐죽 삐져나와 있었다. 이곳은 하녀들의 방이었고 마루에서 그곳으로 올라가려면 이동식 사다리를 이용해야만 했다. 하지만 그곳에 놓여 있던 커다란 장들과 조각이 새겨진 농들은 이제는 없었다.

이 집의 아들이었던 토니오 크뢰거는 육중한 계단을 올라가면서 장식용 구멍이 뚫려 있는, 흰색 칠이 된 난간에 손을 짚곤 했다. 그는 발걸음을 옮길 때마다 손을 떼었다가 다시 발걸음을 옮길 때는 다시 그 난간에 손을 올려놓았다. 마치 수줍게 이 오래된 견고한 난간과의 옛 친밀감을 되살리려 애쓰는 것 같았다……. 그런데 중간층 문 앞 층계에 이르자 그는 걸음을 멈추었다. 문 앞에 하얀 팻말이 붙어 있었으며 그 팻말에는 검은 글씨로 '시민도서관'이라고 적혀 있었다.

'시민도서관이라니?' 토니오가 생각했다. 시민이니 문학이니 하는 것은 이곳과 아무 상관없이 여겨졌던 것이다. 그는 문을 노크했다. "들어오세요" 하는 소리가 크게 들렸고 그는 그 지시에 따랐다. 어두운 마음으로 긴장해서 안을 눈으로 둘러본 그는 모든 것이 완전히 엉뚱하게 변해 있음을 알 수 있었다.

그 층에는 안쪽 깊숙이 세 개의 방이 있었고 세 방은 서로 연결되어 있었다. 네 벽면에는 같은 모양으로 제본된 책들이 어두운 나무 서가에 거의 천장에 닿을 높이까지 길게 가지런히 꽂혀 있었다. 각 방마다 판매대처럼 생긴 탁자 뒤에 초라한 행색의 남자가 한 명씩 앉아서 무언가를 쓰고 있었다. 세 명 중 두 명은 토니오 크뢰거를 흘낏 바라볼 뿐이었지만 그중 한 명은 활달하게 자리에서 일어나 두 손으로 탁자를 짚은 채 고개를 앞으로 내밀더니, 입술을 뾰족하게 오므린 채 두 눈썹을 치켜 올리고는 두 눈을 깜빡이며 방문객을 바라보았다.

토니오 크뢰거가 책들로부터 눈을 떼지 않은 채 말했다.

"실례합니다. 저는 여행객입니다. 이 도시를 둘러보고 있는 중입니다. 그러니까 여기가 도서관인가요? 이곳의 장서들을 좀 둘러봐도 되겠습니까?"

"물론이지요!" 직원이 두 눈을 더 심하게 깜빡이며 말했다. "누구에게나 개방되어 있습니다. 얼마든지 둘러보십시오. 도서 목록을 드릴까요?"

"고맙지만 괜찮습니다. 쉽게 찾아볼 수 있습니다."

대답과 함께 토니오 크뢰거는 천천히 벽을 따라 걸으면서 책 제목들을 살펴보는 척했다. 이윽고 그는 책 한 권을 뽑아 들고는 창가의 자리에 앉았다.

이곳은 가족들이 아침 식사를 하던 방이었다. 가족들은 푸른색 융단이 덮여 있고 그 위에 흰색의 신상(神像)들이 불거져 있던 저 위의 큰 식당이 아니라 이곳에서 아침 식사를 했다……. 저쪽에는 침실이 있었다. 할머니가 고령임에도 불구하고 힘들게 투병 생활을 하시다가 돌아가신 곳이다. 할머니는 사교계의 귀부인으로서 지상의 향락을 즐기셨고 삶에 대해 애착을 가지셨던 것이다. 나중에 그의 아버지 역시 그곳에서 마지막 숨을 거두셨다. 키 크고 단정하며, 약간 침울하고 명상적인, 단춧구멍에 늘 들꽃을 꽂고 다니시던 아버지……. 토니오는 말할 수 없이 격한 감정에 휩싸여, 사랑과 고통에 완전히 자신을 내맡긴 채 붉게 충혈된 눈으로 임종의 침대 발치에 앉아 있었다. 그의 어머니, 아름답고 열정적인 그의 어머니 역시 온통 눈물범벅이 되어 침대 옆에 무릎을 꿇고 있었다. 그런 뒤 어머니는 남부 지방의 예술가와 함께 저 멀리 푸르른 나라로 가버렸다…….

그리고 저 뒤쪽, 가장 작은 세 번째 방, 지금은 책들이 들어차 있으며 초라한 행색의 사내가 지키고 있는 그 방이 바로 오랫동안 토니오 크뢰거 자신이 쓰던 방이었다. 그는 학교가 파하면 조금 전과 마찬가지로 산책을 한 뒤에 그 방으로 돌아왔다. 저 벽 한쪽에 그의 책상이 놓여 있었고 그는 그 서랍에 애절하기는 했지만 서툰 첫 습작 시들을 넣어두었었다……. 호두나무……. 갑자기 찌르는 듯한 우수가 스치고 지나갔다. 그는 옆쪽 창문을 바라보았다. 정원은 황폐해 있었지만 호두나무 고목은 여전히 그 자리에 서서 바람을 맞아 무겁게 후드득거리며 쏴아 쏴아 잎사귀 흔들리는 소리를 내고 있었다.

토니오는 다시 자신이 들고 있는 책으로 시선을 향했다. 그가 잘 알고 있는 걸작이었다. 그는 검은 글씨를 따라 몇 행, 몇 구절을 훑어보다가 한동안 예술적 향취가 가득한 이야기의 흐름에 빠졌다. 그 작품은 형상화의 열정에 의해 서서히 고양되면서 절정의 효과를 발휘하더니 갑자기 뚝 호흡을 멈춰버렸다. 아주 절묘한 방법이었다.

"으흠, 아주 좋은 작품이야."

그는 중얼거리면서 책을 다시 제자리에 꽂고 돌아섰다. 그때 그는 직원이 두 눈을 깜빡이며 여전히 서 있는 것을 알아차렸다. 직무에 충실하려는 것인지 못 미더워서 그러는 것인지 알 수 없었다.

"장서들이 아주 훌륭합니다." 토니오 크뢰거가 말했다. "대충 훑어보았습니다. 정말 감사합니다. 그럼, 안녕히 계십시오."

그런 후 그는 문 쪽으로 걸어갔다. 의심을 받을 수밖에 없는 퇴장이었으며 그는 직원이 이 수상한 방문에 대해 몹시 불안해하면서 얼마 동안 눈을 깜빡이며 그대로 서 있으리라는 것을 분명히 느낄 수 있었다.

그는 그곳을 더 둘러보고 싶은 생각이 들지 않았다. 이것으로 고향집을 다 둘러본 셈이었다. 위층 주랑(柱廊) 뒤쪽에 있는 큰 방들에는 낯선 사람들이 살고 있는 것 같았다. 계단 위쪽이 전에는 없었던 유리문으로 닫혀 있었고 그 위에 무슨 문패 같은 것이 붙어 있었던 것이다. 그는 계단을 내려와 소리가 울리는 마루를 지나 그의 고향집을 떠났다. 그는 어느 식당 구석에 앉아 생각에 잠긴 채 푸짐하고 기름진 식사를 급히 해치운 후에 호텔로 돌아왔다.

"볼 일 다 봤습니다." 그가 검은 예복의 말쑥한 남자에게 말했다. "오늘 떠나겠습니다."

그는 계산서를 준비해달라고 말한 후 코펜하겐행 기선이 떠나는 항구로 타고 갈 마차를 불러달라고 부탁했다. 그런 후 그는 방으로 올라와 탁자 앞에 앉아 한 손으로 턱을 고인 채 멍한 눈으로 양탄자를 바라보며 꼿꼿한 자세로 한동안 꼼짝 않고 앉아 있었다. 얼마 후에 그는 계산을 치르고 짐을 챙겼다. 약속한 시각에 마차가 도착했다는 전갈을 받고 토니오 크뢰거는 떠날 채비를 갖춘 채 아래로 내려갔다.

아래층 계단 밑에서 검은 예복의 말쑥한 남자가 그를 기다리고 있었다.

"저, 죄송하지만……." 그가 새끼손가락으로 커프스단추를 소매 안으로 밀어 넣으며 말했다. "죄송합니다만, 선생님, 잠깐 드릴 말씀이 있습니다. 이 호텔 주인이신 제하제 씨께서 선생님과 몇 마디 말씀을 나누고 싶어 하십니다. 그냥 형식적인 겁니다……. 저기 뒤쪽에 계십니다. 수고스러우시겠지만 저와 함께 그곳에 가주셨으면……. 호텔 주인이신 제하제 씨 혼자 계십니다."

그는 요란한 몸짓으로 토니오 크뢰거를 현관 뒤쪽의 내실로 안내했다. 실제로 그곳에 제하제 씨가 서 있었다. 토니오 크뢰거는 어릴 때부터 그를 알고 있었다. 그는 작은 키에 뚱뚱한 몸집이었으며 다리가 구부정했다. 짧은 구레나룻은 하얗게 세어 있었지만 가슴이 넓게 트인 연미복을 입고 초록색으로 수놓은 벨벳 모자를 쓰고 있는 모습은 옛날과 다름없었다. 그런데 그는 혼자가 아니었다. 그의 옆, 벽면에 붙어 있는 자그마한 간이 탁자 옆에 헬멧을 쓴 경찰관이 서 있었다. 경찰관은 탁자 위에 놓여 있는, 뭔지 알아보기 어렵게 글씨가 아무렇게나 휘갈겨 있는 서류 위에 장갑 낀 오른손을 올려놓고 있었다. 그는 토니오를 엄숙한 군인 같은 표정으로 바라보고 있었다. 마치 자신을 보자마자 토니오 크뢰거가 그대로 땅속으로 기어들어 가기를 기대하고 있는 듯한 표정이었다.

토니오는 두 사람을 번갈아 바라보다가 그냥 잠자코 기다리기로 마음먹었다.

"뮌헨에서 오셨다고요?" 마침내 경찰관이 묵직하면서도 듣기 좋은 목소리로 물었다.

제6장

95

토니오 크뢰거는 그렇다고 고개를 끄덕였다.

"코펜하겐으로 가신다고요?"

"네, 덴마크의 해수욕장으로 가려고 합니다."

"해수욕장이라……. 좋습니다. 신분증을 좀 제시해주시겠습니까?" 경찰관은 '제시'라는 단어를 유난히 흡족하다는 듯 발음했다.

신분증이라……. 그에게는 신분증이 없었다. 그는 가방 안을 들여다보았다. 하지만 몇 장의 지폐를 제외하고는 여행 목적지에서 끝내려고 가져온 단편 소설 교정지 외에는 아무것도 없었다. 그는 관리들과 상대하는 것을 좋아하지 않았기에 아직까지 여권이라는 것을 발급받아본 적이 없었다.

"미안합니다만, 증명서가 없군요."

"아! 아무것도 없어요? 그렇다면 성함이 어떻게 되십니까?"

토니오 크뢰거는 이름을 둘러댔다.

"정말입니까?" 경찰관이 물으면서 허리를 쭉 펴더니 갑자기 콧구멍을 크게 벌렁거렸다.

"사실입니다." 토니오 크뢰거가 대답했다.

"그렇다면 직업이 뭡니까?"

토니오 크뢰거는 뭔가 목을 조르는 것 같은 것을 꿀꺽 삼키며 단호한 목소리로 직업을 말했다. 제하제 씨는 고개를 들고 호기심에 찬 표정으로 그의 얼굴을 바라보았다.

"음!" 경찰관이 말했다. "그렇다면 당신은 ***라는 인물과는 별개의 사람이란 말이로군요."

경찰관은 글씨가 아무렇게나 휘갈겨 있는 서류 위에 적힌, 야릇하면서 낭만적인 이름의 철자 하나하나를 불러주었다. 마치 여러 종족의 음운이 기묘하게 뒤섞여 있는 것 같은 이름이어서 토니오 크뢰거는 듣자마자 그 이름을 잊어버렸다.

경찰관이 계속 말했다.

"이 인물은 부모도 모르고 태생도 불분명한 자로서, 여러 가지 사기 행각과 범법 행위를 저질러 뮌헨 경찰에게 쫓기고 있습니다. 아마 덴마크로 도망갈 거라지?"

"나는 그 사람이 아니오." 토니오 크뢰거가 신경질적으로 어깨를 들썩이며 말했다.

그의 그 동작이 뭔가 인상 깊었던 모양이다. 경찰관이 말했다.

"그래요? 아, 좋아요! 하지만 당신은 당신 신분을 증명할 만한 것을 아무것도 '제시'하지 못했잖소?"

그러자 이번에는 제하제 씨가 마치 두 사람을 진정시키려는 듯 끼어들었다. 그가 토니오 크뢰거에게 말했다.

제6장

97

"이건 모두 그냥 형식적인 절차일 뿐입니다. 이 경찰관께서는 직무를 수행하고 있을 뿐이라는 것을 생각해주셔야지요. 어쨌든 어떤 식으로건 손님의 신분을 증명해줄 수 있으면 좋겠는데…… 무슨 서류라든지……."

모두들 입을 다물고 있었다. 자신의 신분을 밝혀서 이 해프닝을 끝낼까? 제하제 씨에게 자기가 사기꾼도 아니고 초록색 마차를 타고 유랑하는 집시도 아니며 크뢰거 영사의 아들이라고, 크뢰거 집안사람이라고 밝힐까? 하지만 그는 그렇게 하고 싶지 않았다. 그런데 이 사회 질서의 수호자들은 기본적으로 어느 정도 옳은 것이 아닌가? 그 자신도 어느 정도 이들에게 완전히 동의하고 있었다……. 그는 어깨를 한 번 으쓱하고는 말없이 있었다.

그러자 경찰관이 물었다.

"그 가방에는 대체 뭐가 들었습니까?"

"여기요? 별 것 없습니다. 교정쇄입니다."

"교정쇄요? 그게 뭐지요? 좀 보여주시겠습니까?"

토니오 크뢰거는 자신의 작품을 건네주었다. 경찰관은 그것을 탁자 위에 펴놓고 읽기 시작했다. 제하제 씨도 가까이 다가와 함께 읽었다. 토니오는 그들 어깨 너머로 그들이 어느 부분을 읽고 있는지 살펴보았다. 비교적 괜찮은 부분으로서 탁월한 절정 효과를 발휘하고 있는 대목이었다. 그는 스스로 만족을 느꼈다.

토니오가 말했다.

"자, 보세요. 거기 내 이름이 적혀 있지 않습니까? 내가 쓴 글이고 곧 출간될 겁니다. 아시겠어요?"

"좋아요. 이제 됐습니다!" 제하제 씨가 잘라 말했다.

그는 교정쇄들을 모아서 정리하더니 토니오에게 건네주었다. 그러고는 경찰관을 향하여 두 눈을 슬쩍 감으면서 이제 그만두라는 듯 고개를 좌우로 흔들며 말했다.

"이만하면 됐어요, 페터르젠! 이분을 더 이상 붙잡아 두면 안 돼. 마차가 기다리고 있어요. 손님, 번거롭게 해드려 죄송합니다. 이 경찰관은 자신의 임무를 다한 것일 뿐입니다. 제가 방금 전에 잘못 짚은 거라고 말했는데도……."

'정말 그랬을까?'라고 토니오 크뢰거는 생각했다.

경찰관은 아직 석연치 않아 하는 것 같았다. 그는 여전히 '증명'이니 '제시'니 하며 이의를 제기했다. 하지만 제하제 씨가 계속 죄송하게 되었다고 말하며 자신의 손님을 현관까지 안내했다. 그는 두 마리의 사자가 있는 곳을 지나 마차가 있는 곳까지 그를 배웅하고는 그가 마차에 올라타자 경의의 표시로 직접 마차의 문을 닫아주었다. 우스꽝스러울 정도로 높고 널따란 마차는 요란스럽게 덜커덩 소리를 내며 항구로 향하는 가파른 길을 달려 내려가기 시작했다.

이것이 토니오 크뢰거가 자신의 고향 도시에 머무는 동안 겪었던 희한한 경험의 전말이다.

제7장

토니오 크뢰거가 탄 배가 난바다로 나왔을 때는 어느덧 밤이었으며 달이 바다 위에 은빛 물결을 일렁이며 환하게 떠올라 있었다. 토니오 크뢰거는 점점 더 거세게 불어오는 바람에 외투로 몸을 감싸고 뱃머리 돛대 근처에 서 있었다. 그는 눈 아래 거세면서도 유연한 파도가 어둠 속에서 밀려왔다 밀려가는 모습을 바라보고 있었다. 파도는 서로 얽혀 요동치다가 철썩거리며 부딪치기도 했고 전혀 예기치 않은 방향으로 이리저리 흩어지면서 갑자기 거품을 일으키며 반짝이기도 했다.

그의 영혼이 감미로운 황홀감에 젖어 출렁거렸다. 그는 고향에서 사기꾼으로 몰려 체포당할 뻔했던 일로 꽤나 의기소침해 있었다. 물론 당연히 그럴 수도 있는 일이라고 어느 정도 받아들이기는 했지만……. 그런데 기선에 오른 뒤 일꾼들이 덴마크 어와 저지(低地) 독일어로 왁자지껄 떠들며 배 바닥에 화물을 부리는 것을 보고 있자니 기분이 어느 정도 풀렸다.

어린 시절 아버지와 함께 여행하면서 가끔 보았던 광경이었다. 일꾼들은 짐짝과 궤짝뿐 아니라 굵은 쇠창살 우리 안에 가두어둔 흰 곰 한 마리와 커다란 호랑이 한 마리도 배에 싣고 있었는데, 아마 함부르크로부터 실어와 덴마크의 어느 동물원으로 보내는 것 같았다. 이어서 배가 나지막한 언덕 사이로 흐르는 강을 미끄러져 내려갈 때쯤 되자 그는 페테르젠 경찰관의 심문에 관한 일은 새까맣게 잊어버렸다. 그리고 그 이전에 있었던 일들, 즉 감미롭고 애처로우면서 회한에 가득 찼던 지난 밤의 꿈, 산책, 호두나무의 모습들이 그의 마음에 생생하게 되살아났다.

바로 그 순간 바다가 그의 눈앞에 펼쳐졌다. 그는 소년 시절 바다가 꾸는 한여름 밤의 꿈을 엿보곤 하던 저 멀리 해변, 등대 불빛, 부모님과 함께 묵은 적이 있던 호텔의 불빛을 바라보았다. 발트해! 그는 거침없이 불어오는 세찬 바람에 머리를 내맡기고 있었다. 소금기를 머금은 바닷바람은 그의 귀를 감싸며 감미로운 현기증을 불러 일으켰다. 가벼운 마비 상태에서 온갖 나쁜 일, 고통, 모든 과오, 모든 욕망과 노력에 대한 기억들은 나른한 행복감에 묻혀버렸다. 그를 둘러싸고 있는 파도의 울부짖는 소리, 철석거리는 소리, 거품을 일으키며 헐떡거리는 소리 속에서, 그는 호두나무 고목이 바람에 쓸리며 후드득거리는 소리, 정원 출입문이 삐걱거리는 소리가 들리는 것 같았다……. 어둠이 점점 더 짙게 깔리고 있었다.

"세상에, 저 별들! 저 별들을 좀 보세요!"

별안간 마치 무슨 통 속에서 울려 나오는 것같이 묵직하고 노래 부르는 듯한 목소리가 들렸다. 토니오 크뢰거는 그 목소리의 주인공이 누구인지 알고 있었다. 그 목소리의 주인은 붉은 빛을 띤 금발에 간소한 복장을 한, 눈두덩이 불그스레했고 마치 방금 목욕이라도 한 듯 상쾌하고 축축한 느낌을 주는 남자였다. 선실 식당에서 식사할 때 그 남자는 토니오 크뢰거 바로 옆에 앉아 쭈뼛거리며 망설이는 듯한 동작으로 엄청나게 많은 양의 바닷가재 오믈렛을 먹어 치웠다. 그 남자는 지금 토니오 곁에서 난간에 기대고 서서 엄지손가락과 집게손가락으로 턱을 괸 채 하늘을 바라보고 있었다. 이 남자는 평소와는 달리 그 어떤 진지하고 명상적인 기분에 젖어 있는 것이 분명했다. 사람들을 가르고 있는 장벽이 저절로 허물어지고 낯선 이를 향

해서도 마음이 활짝 열리는 그런 상태, 평상시라면 부끄러워서
입 밖에 내지 못했던 말들을 하게 되는 그런 상태…….

"선생님, 저 별들을 좀 바라보세요. 저기 저렇게 총총히 빛나
고 있네요! 오, 하늘이 온통 별천지네요! 그런데 말입니다, 좀
여쭙고 싶네요. 저 하늘을 바라보면서 저 별들 중 대다수가 지
구보다 백배는 더 큰 것이라고 생각하면 기분이 좀 이상해지
지 않을까요? 우리 인간들은 전보와 전화를 발명했고 오늘날
에 이르러 여러 가지 문명의 이기(利器)들을 발명했지요. 그래
요, 사실입니다. 그런데 이렇게 하늘을 바라보고 있자니 인간은
벌레, 그것도 비참한 벌레에 지나지 않는다는 생각을 할 수밖
에 없게 된단 말입니다. 선생님, 제 말이 맞나요, 틀렸나요? 맞
아요, 우리는 벌레에 불과해요."

그는 자신의 질문에 스스로 대답을 하고는 겸손하게 회개하
듯 하늘을 향해 고개를 끄덕였다.

'으흠, 이 친구는 문학에 대해서는 문외한이로군'이라고 토
니오 크뢰거는 생각했다. 그러자 그의 머릿속에서 이 세계에
대해 우주론적이고 심리학적인 개념을 설파한 어느 유명한 프
랑스 작가의 글이 떠올랐다. 그가 보기에는 아주 뛰어난 잡담
이라고 할 만했다.

그는 이 젊은이의 깊은 곳에서 우러나온 소견에 대해 대답 비슷한 말을 해주었고 그런 후 둘은 난간에 기댄 채 달빛을 받아 불안스럽게 반짝이며 파도가 거세게 일렁이는 밤바다를 바라보며 이야기를 나누었다. 그 젊은이는 함부르크 출신의 상인으로서 휴가를 내어 이렇게 즐거운 여행을 하는 중이었다. 그가 말했다.

"잠시 기선을 타고 코펜하겐까지 여행을 해야겠다'라는 생각이 들더라고요. 그래서 여기까지 온 거고, 지금까지는 아주 좋았습니다. 그런데 선생님, 바닷가재 오믈렛을 준 건 잘못한 것 같아요. 선장 말로는 오늘 밤에 폭풍우가 칠 거라던데, 이렇게 소화가 안 되는 음식을 배 속에 처넣고 있다는 건, 정말 웃기는 일 아니겠어요?"

토니오 크뢰거는 젊은이의 실없는 이야기를 편하고 친근한 마음으로 듣고 있었다. 토니오가 맞장구를 쳐주었다.

"그래요, 여기 북쪽에서는 대개 지나칠 정도로 많이들 먹어요. 그래서 게으르고 우울한 편이지요."

"우울하다고요?" 젊은이가 토니오의 말을 받으며 어리둥절한 표정으로 그를 바라보았다. 그러고는 갑자기 물었다.

"선생님은 이곳 출신이 아니세요?"

제7장

"네, 멀리서 왔어요." 토니오 크뢰거가 두 팔로 부정하는 몸짓을 하며 애매하게 대답했다.

그러자 젊은이가 말했다.

"그런데 선생님 말씀이 맞아요. 우울하다고 말씀하신 거 정말 맞는 말씀이에요. 저도 늘 좀 우울한 편이고 이렇게 별이 빛나는 밤에는 더욱 그래요."

그런 후 그는 다시 엄지손가락과 집게손가락으로 턱을 고였다.

'분명히 이 친구는 시를 쓰고 있는 거로군.' 토니오 크뢰거가 생각했다. '상인으로서 마음 깊은 곳에서 진정으로 우러나오는 시를.'

밤이 깊어감에 따라 바람이 더 거세졌고 둘은 더 이상 이야기를 나눌 수 없었다. 그들은 잠을 좀 자두기로 하고 인사를 나눈 후 헤어졌다.

토니오 크뢰거는 선실 안의 좁은 침대에 누웠으나 마음이 뒤숭숭했다. 세찬 바람과 그 바람에 실려 온 자극적인 냄새가 이상하게 그를 흥분시켰으며 뭔가 감미로운 일이라도 기다리는 듯 그의 가슴이 뛰었다. 게다가 배가 가파른 파도 언덕을 타고 올라갔다가 미끄러져 내려오며 요동을 치고 스크루가 마치 경련이라도 일으키듯 물 밖에서 겉돌 때마다 속이 심하게 울렁거렸다. 그는 다시 옷을 완전히 갖춰 입고 밖으로 나왔다.

구름들이 빠르게 달을 스쳐 지나가고 있었고 바다는 춤을 추고 있었다. 파도는 둥글고 질서정연하게 밀려오는 것이 아니라 창백하게 흔들리는 빛 속에서 저 멀리 수평선까지 찢기고 채찍질 당하고 뒤흔들린 모습으로 넘실거렸다. 또한 바다는 마치 불꽃처럼 뾰족하고 거대한 혓바닥을 날름거리며 거품이 부글거리는 심연 옆에서 치솟아 올랐다가 마치 뿔이 돋친 것 같은 이상한 모양을 이루면서 거대한 팔을 미친 듯 휘둘러 있는 힘을 다해 물거품을 사방으로 흩뿌리는 것 같았다.

배는 힘겹게 앞으로 나아가고 있었다. 배는 앞뒤로 흔들리고 요동치고 신음 소리를 내면서 이 광란의 한복판을 헤쳐 나갔다. 이따금 흰 곰과 호랑이가 배 밑바닥에서 괴롭게 울부짖는 소리가 들려왔다. 머리에 두건을 둘러쓰고 허리에 등불을 졸라맨, 방수복을 입은 남자 한 명이 두 다리를 벌려서 간신히 균형을 잡으며 갑판 위를 오르내리고 있었다. 그런데 배 뒤쪽에 함부르크에서 온 그 젊은이가 난간 밖으로 몸을 잔뜩 내밀고 딱한 장면을 연출하고 있는 모습이 보였다. 토니오 크뢰거의 모습을 알아보자 그가 속이 텅 비어버린 목소리로 떨면서 말했다.

"아이고, 선생님, 물귀신들이 날뛰는 모습을 좀 보십시오!"

제7장

107

하지만 그는 말을 미처 다 맺지도 못하고 다시 바다 쪽으로 황급히 고개를 돌릴 수밖에 없었다.

토니오 크뢰거는 팽팽하게 쳐놓은 밧줄을 움켜쥐고 걷잡을 수 없이 미쳐 날뛰는 이 모습을 바라보았다. 그의 가슴속에서 환희의 함성이 북받쳐 올랐다. 이 폭풍우와 파도를 압도할 만큼 세찬 함성이었다. 바다를 향한, 열광적인 사랑에 가득 찬 노래가 그의 내부에서 울리고 있었다. 내 유년기의, 길들지 않은 나의 친구여! 우리가 이렇게 다시 하나가 되었네……. 그러나 그의 시는 거기서 끝났다. 그것은 완성되지 않았고 정확한 형식을 갖추지 못했으며 평온한 가운데 하나의 완결된 작품으로 써지지 못했다. 그의 가슴이 살아 있었던 것이다…….

그는 그렇게 오랫동안 서 있었다. 이어서 그는 조타실 옆의 벤치에 누워 별들이 반짝이고 있는 하늘을 바라보았다. 심지어 그는 약간 졸기까지 했다. 반쯤 잠이 든 그에게 차디찬 물거품이 얼굴에 튈 때마다 그는 그것이 마치 애무처럼 느껴졌다.

달빛에 마치 백악(白堊)처럼 보이던 깎아지른 절벽이 눈에 보이더니 점점 가까워졌다. 뫼엔 섬이었다. 다시금 졸음이 쏟아졌다가 소금기를 머금은 물방울이 얼굴을 마비시켜버릴 정도로 아프게 때리면 정신이 들곤 했다. 그가 완전히 잠에서 깨어났을 때 날은 이미 밝아 있었다. 창백한 회색의 상쾌한 날이었으며 바다는 잠잠해져 있었다.

아침 식사 때 그는 젊은 상인을 만났는데 그를 보자 젊은이는 얼굴을 심하게 붉혔다. 아마도 어둠 속에서 그토록 시적이고 낯 뜨거운 말들을 늘어놓은 것이 창피했던 모양이었다. 그는 다섯 손가락을 모두 펴서 짧고 불그스름한 콧수염을 쓸어 올리며 마치 군인처럼 간단명료하게 그에게 인사를 하고는 억지로 시선을 피했다.

이윽고 토니오 크뢰거는 덴마크에 상륙했다. 그는 코펜하겐에 머물면서 팁을 원하는 눈치를 보이는 사람이면 누구에게나 주었다. 그는 여행 안내서를 펼쳐들고 사흘 내내 호텔 주변을 돌아다녔다. 그는 마치 견문이라도 넓히고 싶어 하는 외국인 여행객처럼 행세했다. 그는 '국왕의 새 광장'과 광장 한가운데 서 있는 말 동상을 구경했고 성모 성당의 원주를 경건한 마음으로 올려다보았다. 그는 토르발트첸(18~19세기 덴마크의 유명한 조각가 - 옮긴이 주)의 고상하고 우아한 조각상 작품 앞에 오랫동안 서 있기도 했고 원형 탑에 올라가보기도 했으며 여러 성들을 돌아보았고 티볼리 공원에서 이틀 밤을 즐겁게 보내기도 했다. 하지만 정확히 말한다면 그것들이 그가 본 전부는 아니었다.

그는 이따금 그의 고향의 고풍의 집들과 완전히 똑같은 모습을 하고 있는 집들의—활처럼 휘고 사다리 모양으로 된 박공지붕까지 똑같았다—문패에서 그가 유년기부터 익히 알고 있던 이름들을 발견했다. 그 이름들은 그에게 뭔가 정감 어리고 소중한 그 무엇을 가리키는 것 같았으며 동시에 그 이름 안에 비난과 슬픔과 잃어버린 행복에 대한 향수 같은 것이 담겨져 있는 것 같았다. 그리고 그는 생각에 잠겨 축축한 바다 공기를 들이마시는 내내 도처에서 푸른 눈, 금발의 얼굴들을 보았다. 그가 고향 도시에서 보낸 날 밤에 꾸었던 꿈, 회환에 가득 찬 그 야릇하고 고통스러웠던 꿈속에서 보았던 바로 그 얼굴들이었다. 또한 한길에서 누군가의 눈길, 귀에 울리는 어느 한 마디, 어느 웃음소리가 그의 영혼 깊은 곳을 흔들어 놓기도 했다.

그 활기찬 도시에 오랫동안 머무는 것은 불가능했다. 감미로우면서도 미친 듯한 불안, 추억과 기대가 반반씩 뒤섞인 그런 불안이 그를 뒤흔들었던 것이다. 정신없이 돌아다니는 관광객 노릇을 그만하고 어디 해변 같은 곳에서 조용히 누워 있고 싶다는 생각이 엄습했다. 그래서 그는 다시 배를 타고 어느 흐린 날에(바다는 검푸른 빛이었다) 셀란섬 해안을 따라 북쪽을 향했고 헬싱키까지 갔다. 거기서 그는 곧장 마차로 포장도로를 따라 여행을 계속했다. 그는 해수면보다 약간 높은 곳에 나 있는 길을 따라 45분쯤 더 달린 끝에 마침내 그가 이번 여행의 종착지로 삼고 있는 곳에 도착했다. 나지막한 집들이 늘어서 있는 주택가 한복판의, 초록색 덧창이 달린 하얀색의 아담한 호텔이었다. 지붕이 나무로 되어 있는 그 호텔의 탑에서는 해변과 스칸디나비아 해안가가 내려다보였다. 그는 마차에서 내려 예약해 두었던 밝은 방에 투숙했다. 그는 선반과 옷장에 가지고 온 물건들을 정리해 놓고 한동안 이곳에 머물 채비를 마쳤다.

제7장

제8장

이미 9월 중순이었고 올스고르 호텔에는 손님들이 별로 없었다.

식사는 아래층의 천장이 높은 커다란 식당에서 했다. 식당에서는 높이 난 유리 창문 밖으로 베란다와 바다가 내다보였다. 식사 때는 이 집의 여주인이 좌중을 이끌었다. 흰 머리에 윤기 없는 눈, 연한 장밋빛 뺨을 한 이 늙은 노처녀는 끊임없이 재잘거리면서 마치 예쁘게 보이려고 애쓰는 듯 붉은 두 손을 언제나 식탁보 위에 올려놓고 있었다. 그녀 외에 거의 목이 없다시피 짧은, 선원처럼 은회색 수염을 기른 푸르죽죽한 얼굴빛의 나이 든 남자도 있었다. 수도 코펜하겐에서 온 생선 상인으로서 독일어를 아주 잘했다. 숨을 가쁘게 쉬면서 때로는 반지를 낀 집게손가락을 들어 한쪽 콧구멍을 막고는 다른 콧구멍으로 쿵쿵거리며 숨을 들이마시는 것으로 보아 호흡 곤란 증상을 앓고 있는 것 같았다. 그럼에도 불구하고 그는 아침, 점심, 저녁 식사 때마다 자기 앞에 놓여 있는 브랜디를 쉬지 않고 홀짝거렸다. 이 사람 외에 손님이라고는 가정교사로 보이는 남자와 동행 중인 키 큰 미국 소년 셋뿐이었다. 늘 말없이 안경을 만지작거리는 그 남자는 낮 동안에는 소년들과 축구를 했다. 소년들은 한결같이 좁고 긴 얼굴에 적황색 머리칼 한가운데 가르마를 타고 있었다.

"저기 있는 소시지 좀 집어줄래!"라고 그들 중 한 명이 영어로 말하면 다른 한 명이 "이건 소시지가 아니고 햄이야"라고 대답했으며 그것이 세 명의 소년과 가정교사가 식탁에서 나눈 대화의 전부였다. 나머지 식사 시간 내내 그들은 말없이 앉아 따뜻한 물을 마셨다.

토니오 크뢰거에게는 이들보다 더 이상 좋은 식탁의 동반자가 있을 수 없었다. 그는 평온을 즐기면서 생선 상인과 호텔 여주인이 가끔 주고받는 대화 속에서 덴마크어의 후두음과 밝고 어두운 모음들에 귀를 기울였다. 그런 후 그는 생선 상인과 날씨에 대해 이야기를 나누다가 일어나서 베란다를 지나 해변으로 다시 내려갔다. 이미 아침에 몇 시간 동안 돌아다닌 해변이었다.

이따금 그곳은 마치 여름같이 평화로운 분위기가 감돌고 있을 때가 있었다. 바다는 잔잔하게 게으른 듯 쉬고 있었으며 은빛 물결이 반짝이는 가운데 푸른빛이나 유리병의 초록빛, 혹은 붉은빛의 줄무늬들이 나타나 있었다. 해초는 햇볕을 받아 바싹 말라 있었고 해파리도 여기저기 흩어져 말라가고 있었다. 약간 썩는 냄새가 났고 토니오 크뢰거가 등을 기대고 앉아 있는 어선에서 콜타르 냄새도 났다. 그렇게 앉아서 토니오 크뢰거는 스웨덴 해안이 아니라 탁 트인 수평선을 바라보고 있었다. 바다의 가벼운 숨결이 그 모든 것들을 신선하고 순수하게 어루만지고 있었다.

그러다가 때로는 폭풍우 휘몰아치는 잿빛의 날들이 오기도 했다. 파도가 마치 뿔로 들이받을 듯 달려드는 황소들처럼 머리를 숙이고 거세게 해변으로 쳐들어왔다. 파도는 높이 치솟으면서 해초들, 물에 씻겨 반짝이는 조개들, 부서진 나뭇조각들을 해변에 부려놓았다. 구름이 덮인 하늘 아래, 길게 펼쳐진 파도 물결의 언덕들 사이로는 물결 골짜기들이 연한 초록색 거품을 일으키며 펼쳐져 있었다. 그리고 태양이 구름에 완전히 가려져 있는 곳에서는 흰 비단 조각 같은 빛이 바다 위에서 어른거리고 있었다.

　토니오 크뢰거는 바람의 속삭임에 휩싸인 채, 그가 그토록 사랑하는, 이 무시무시하고도 얼을 빼놓는 것 같은 바다의 굉음, 끊임없이 들려오는 이 굉음에 잠긴 채 그 자리에 서 있었다. 그가 등을 돌려 그곳을 떠나면 그의 주변 모든 것이 갑자기 고요해졌으며 따뜻해졌다. 하지만 그는 자신의 등 뒤에 바다가 있음을 알고 있었다. 그에게 바다가 그를 부르는 소리, 그에게 건네는 인사말, 그에게 보내는 약속이 들려왔다. 그는 미소를 지었다.

　그는 한적한 초원을 지나 마을 안쪽으로 걸어갔다. 그러자 얼마 가지 않아 저 멀리 언덕까지 널리 펼쳐져 있는 너도밤나무 숲이 그를 맞았다. 그는 나무줄기들 사이로 바다가 보이는 곳에 자리를 잡고 앉았다. 때때로 바위를 만나 부서지는 파도 소리가 들려왔다. 마치 멀리서 널빤지 더미가 와르르 무너지는 소리 같았다. 나무 꼭대기에서는 까마귀들이 쉰 목소리로 단조롭고 처량하게 울고 있었다……. 그는 무릎 위에 책을 한 권 펼쳤다. 하지만 단 한 줄도 눈에 들어오지 않았다. 그는 깊은 망각을 즐기고 있었으며 시간과 공간을 뛰어넘어 떠돌고 있는 것

제8장

115

같았다. 그러나 그 가운데 비록 짧게나마 그의 마음속을 깊은 고통이, 그리움이나 회환 같은 감정이 스치고 지나갔다. 그는 너무나 나른하고 깊은 생각에 침잠해 있었기에 그것이 무엇인지, 그 감정이 어디서 오는 것인지는 생각해보지 않았다.

이런 식으로 며칠이 흘러갔다. 그는 며칠이 지났는지 말할 수 없었을 뿐 아니라 알려고도 하지 않았다. 그런데 그러던 어느 날 무슨 일이 벌어졌다. 해가 중천에 떠 있고 사람들이 있는 곳에서 일어난 일이었다. 하지만 토니오 크뢰거는 그 일에 그다지 크게 놀라지는 않았다.

그날은 새벽부터 어딘가 축제일 같았고 무엇엔가 홀린 듯한 날이었다. 토니오 크뢰거는 그날 아침 막연하면서도 묘한 두려움에 사로잡혀 갑자기 잠에서 일찍 깨어났다. 마치 자신의 눈앞에 어떤 마술과도 같은, 혹은 옛날이야기 속에서와 같은 기적이나 계시가 펼쳐진 것 같았다. 그의 방에는 스웨덴 쪽 해협을 향해 유리문과 발코니가 있었으며 얇고 흰 망사 커튼이 거실과 침실을 갈라놓고 있었다. 방 벽지 색은 연했으며 가구들도 가볍고 밝은 색을 띠고 있었기에 방 안은 언제나 밝고 쾌적했다.

그런데 이날 아침, 아직 잠에 취해 있는 그의 눈에 이 방이 비현실적으로 변모되어 빛나고 있는 것만 같았다. 방 안은 이루 형언할 수 없을 정도로 향기롭고 매혹적인 장밋빛에 잠겨 있었으며 그 빛이 가구들과 벽을 황금빛으로 물들였고 망사 커튼을 불타오르는 듯 은은한 붉은 빛으로 변모시켰다……. 토니오 크뢰거는 한참 동안 도대체 무슨 일이 일어났는지 알아차릴 수 없었다. 그러나 그는 유리문을 통해 밖을 바라보고는 그것이 막 떠오른 해의 작품이라는 것을 알 수 있었다.

그동안 꽤 여러 날 날씨가 흐렸고 비가 왔다. 하지만 지금은 하늘이 마치 한 폭의 엷은 청색 비단처럼 바다와 육지 위에서 밝게 반짝이며 펼쳐져 있었다. 둥근 태양은 붉게, 혹은 황금빛으로 물든 구름에 둘러싸인 채, 반짝이며 물결치는 바다 위로 장엄하게 솟아오르고 있었다. 바다는 마치 그 태양 아래에서 떨고 있는 것 같기도 했고, 불타오르는 것 같기도 했다……. 그날은 그렇게 시작되었던 것이다.

토니오 크뢰거는 약간 흥분되기도 하고 행복하기도 한 마음으로 서둘러 옷을 입고 다른 이들보다 먼저 아침 식사를 했다. 이어서 그는 밖으로 나가 해협까지 상당한 거리를 헤엄친 후에 한 시간 동안 해변을 걸었다. 그가 돌아왔을 때 호텔 앞에는 승

제8장

117

합차 형태의 마차들이 여러 대 서 있었다. 그가 식당으로 들어서자 식당 옆 피아노가 놓여 있는 응접실뿐 아니라 베란다와 그 앞 테라스에도 소시민 복장의 사람들이 모여 앉아 활기 있게 대화를 나누며 빵을 먹고 맥주를 마시는 모습이 보였다. 여러 가족이 함께 온 것 같았으며 노인과 젊은이들이 섞여 있었고 어린아이들도 있었다.

두 번째 아침 식사 때(식탁 위에는 차가운 훈제 고기 음식, 소금에 절인 음식과 구운 고기 등이 푸짐하게 놓여 있었다) 토니오 크뢰거는 어찌된 일인지 물어보았다. 그러자 생선 상인이 대답했다.

"손님들입니다. 헬싱키에서 놀러 오거나 춤추러 온 사람들입니다. 맙소사! 오늘 잠은 다 잤어요! 춤을 추고 또 추면서 음악까지 연주해댈 판이니! 제발 밤늦게까지 하지나 않았으면! 여러 가족들이 함께 모여 노는 건데, 댄스파티를 겸한 소풍 같은 겁니다. 하루를 실컷 즐겁게 보내자는 거지요. 배를 탄 다음 이어서 마차를 타고 와서 지금 아침들을 들고 있는 겁니다. 아침을 먹고 좀 멀리까지 소풍을 갔다가 저녁 때 다시 돌아올 거예요. 그러고는 여기 홀에서 춤을 출 겁니다. 빌어먹을! 덕분에 우리는 눈도 못 붙이게 생겼습니다."

"기분 전환이 되겠지요." 토니오 크뢰거가 말했다.

그런 후 둘 다 꽤 오랫동안 아무 말도 없었다. 여주인은 붉은 손을 식탁 위에 올려놓고 있었고 생선 상인은 공기를 들이마시려고 오른쪽 콧구멍을 벌렁거렸으며 미국인들은 따뜻한 물을 마시며 언짢은 표정을 짓고 있었다.

그런데 바로 그때, 홀연, 그 일이 벌어졌다. *한스 한젠과 잉게 보르크 홀름이 홀을 가로질러 지나간 것이다.*

토니오 크뢰거는 수영을 하고 빠른 걸음으로 산책을 한 뒤였기에 기분 좋은 피로감에 젖어 의자에 기대고 앉아 토스트에 훈제 연어를 얹어 먹고 있었다. 그는 바다 쪽과 베란다를 향해 앉아 있었다. 그때 갑자기 문이 열리며 두 사람이 손을 잡고 별로 서두르지 않고 어슬렁거리는 걸음걸이로 들어온 것이다. 잉게보르크, 그 금발의 잉게는 크나아크 선생의 댄스 교습 시간에 늘 그랬듯이 밝은 옷차림이었다. 꽃무늬가 그려진 하늘거리는 치마는 거의 발목까지 내려와 있었으며 어깨에는 폭이 넓은 흰 망사 레이스를 걸치고 있었다. 브이 자로 목이 패여 있어 그녀의 섬세하고 부드러운 목이 훤히 드러나 있었다. 그녀는 끈이 달린 모자를 팔에 걸치고 있었다. 전보다 키가 약간 커진 것 같았고 그 멋진 머리칼을 머리 둘레에 감아올리고 있었다. 하지만 한스 한젠의 모습은 완전히 예전 그대로였다. 그는 금단

추가 달린 선원 코트를 입고 있었으며 폭 넓은 파란 칼라가 여전히 두 어깨와 등을 덮고 있었고 짧은 리본이 달린 선원 모자를 손에 들고 하릴없이 돌리고 있었다.

잉게보르크는 식사를 하고 있는 사람들의 시선을 받는 것이 거북한 듯 길쭉한 눈길을 약간 다른 곳으로 돌렸다. 하지만 한스 한젠은 아무것도 거리낄 것 없다는 듯 고개를 식탁 쪽으로 향하고는 도전적이고 경멸적인 시선으로 식탁의 손님들을 하나하나 살펴보았다. 심지어 그는 잡고 있던 잉게보르크의 손도 놓고는 마치 자신이 어떤 사람인가를 보여주려는 듯 자신의 모자를 좀 더 세차게 이리저리 흔들었다. 그렇게 그들은 고요하고 푸른 바다를 등진 채 토니오 크뢰거의 눈앞에서 홀의 기나긴 통로를 가로질러 반대쪽 문을 통해 피아노가 놓여 있는 방으로 사라졌다.

이때가 오전 11시 반이었다. 이 호텔에 묵고 있는 사람들이 아직 식탁에 앉아 있는 동안에 식당 옆방과 베란다에 앉아 있던 소풍객 일행은 자리에서 일어나 옆문을 통해 밖으로 나갔다. 그들이 웃고 떠드는 소리, 마차에 오르는 소리가 들렸고 마차가 삐걱거리며 하나씩 떠나는 소리, 마차들이 멀어져 가는 소리가 들려왔다.

"그러니까, 저 사람들이 다시 온다는 거지요?" 토니오 크뢰거가 물었다.

"맞아요." 생선 상인이 대답했다. "정말 골치 아픈 일입니다! 글쎄, 음악까지 주문해 놓았다니까요. 게다가 내 방은 홀 바로 위에 있으니……."

"기분 전환이 되겠지요." 토니오 크뢰거는 아까 한 말을 되풀이하고는 자리에서 일어나 밖으로 나갔다.

그는 평상시와 다름없이 해변과 숲속에서 무릎 위에 책을 얹은 채 햇빛에 두 눈을 깜빡이며 보냈다. 그동안 그는 단 한 가지 생각밖에 하지 않았다. 생선 상인이 말한 대로 그 사람들이 돌아와 홀에서 벌이게 될 댄스파티에 대한 생각이었다. 그는 그가 그간의 죽음과도 같은 세월 동안 맛보지 못했던, 불안하면서도 달콤한 즐거움에 빠져 하루 종일 댄스파티를 기다렸다. 이런저런 생각이 꼬리를 물고 떠오르는 가운데 문득 멀리 있는 친구이자 소설가인 아달베르트가 막연히 떠올랐다. 그는 자신이 무엇을 원하는지 알고 있었으며 봄기운을 피해 카페로 갔었다. 토니오 크뢰거는 그 친구 생각을 하며 어깨를 으쓱했다……

이날 점심 식사는 평소보다 일렀다. 저녁도 마찬가지로 일렀으며 홀에서는 무도회 준비를 하고 있었기에 사람들은 피아노

제8장

121

가 있는 방에서 식사를 했다. 호텔 전체가 저녁에 있을 축제 준비 때문에 어수선했다. 이윽고 날이 어두워졌고 토니오 크뢰거는 자신의 방에 앉아 있었다. 잠시 후 길과 집 안이 활기를 띠기 시작했다. 소풍객들이 돌아왔던 것이다. 그뿐 아니라 헬싱키쪽에서도 자전거와 마차를 타고 새로운 손님들이 더 왔으며 호텔 아래층에서 벌써 바이올린 소리가 들렸고 클라리넷의 코맹맹이 소리도 들렸다. 이 모든 것이 화려한 무도회가 열릴 것임을 미리 알려주고 있었다.

이제 소규모 악단이 행진곡을 연주하기 시작했다. 행진곡이 쿵쿵 절도 있게 울리기 시작하면서 폴로네즈 춤으로 무도회가 시작된 것이다. 토니오 크뢰거는 잠시 동안 의자에 앉아 귀를 기울이고 있었다. 그런데 행진곡에 이어 왈츠곡이 시작되자 그는 자리에서 일어나 조용히 방에서 빠져나갔다.

복도로부터 건물 옆 층계를 통해 내려가면 호텔 옆문으로 들어갈 수 있었고 거기서는 어느 방도 거치지 않고 곧바로 베란다로 갈 수 있었다. 그는 마치 통행이 금지된 곳에라도 들어선 것처럼 소리 없이 어둠 속에서 손을 더듬으며 그 길을 따라갔다. 멍청하면서도 감미롭게 가슴을 울리는 이 음악에 저항할 수 없이 이끌려 가다보니 어느새 음악 소리가 더 크고 분명하게 들려왔다.

　베란다에는 아무도 없었고 어두웠으며 식당 홀로 통하는 유리문은 열려 있었다. 홀에는 눈부신 반사경을 단 두 개의 대형 석유들이 환하게 빛을 내고 있었다. 토니오 크뢰거는 발끝으로 살금살금 베란다로 숨어 들어갔다. 어두운 곳에서 아무도 모르게 불빛을 받으며 춤을 추고 있는 사람들을 몰래 엿볼 수 있다는 생각에 피부에 짜릿한 전율이 왔다. 곧이어 그는 눈을 빛내며 탐욕스럽게 그가 찾고 있는 사람들을 눈으로 좇았다.

　파티가 시작된 지 반 시간밖에 안 되었건만 흥은 절정에 달해 있었다. 사람들이 하루 종일 아무 걱정 없이 행복하게 보내고 이미 상당히 흥이 고조된 상태에서 돌아온 덕분이었다. 토니오 크뢰거가 몸을 앞으로 내밀었더니 피아노가 있는 방 안의 모습이 보였다. 나이 지긋한 남자들이 모여 앉아 담배를 피우고 술을 마시며 카드놀이를 하고 있었다. 아내들 곁에서, 벨벳 의자에 앉거나 벽에 등을 기대고 서서 춤추는 모습을 구경하고 있는 사람들도 있었다. 그들은 벌린 무릎 위에 두 손을 올려놓은 채 만족한 표정으로 볼을 부풀리고 있었다. 리본 달린 모자를 쓴 부인들은 두 손을 가슴에 모으고 고개를 옆으로 기울인 채 젊은이들이 흥겹게 춤추며 놀고 있는 모습을 구경하고 있었다.

홀 긴 쪽 벽에 단이 설치되어 있었고 그 위에서 악사들이 열심히 연주를 하고 있었다. 심지어 트럼펫까지 동원되어 있었는데, 그 악기는 마치 자신이 내는 소리를 두려워하는 듯 아주 조심스럽게 머뭇머뭇 소리를 내고 있었다. 그럼에도 불구하고 끊임없이 불협화음을 내는 것은 어쩔 수 없었다.

쌍을 이룬 남녀들은 물결치듯 선회하며 춤을 추었고, 어떤 커플들은 팔짱을 끼고 홀을 거닐기도 했다. 무도회 복장을 제대로 갖춘 사람은 아무도 없었고 모두들 여름날 일요일 야외 나들이 차림이었다. 춤을 추는 남자들은 시골풍의 옷을 입고 있었는데 일주일 내내 아껴 두었던 옷임을 알 수 있었으며 젊은 처녀들은 밝고 가벼운 옷차림에 앞가슴에는 들꽃을 꽂고 있었다. 홀에는 아이들도 있어 자기들끼리 멋대로 춤을 추었으며 아이들의 춤은 음악이 멈춘 뒤에도 계속되었다. 제비 꼬리 모양의 연미복을 입은 다리가 긴 남자가 이 무도회의 주도자이자 사회자인 것 같았다. 파마머리에 안경을 쓴 그는 시골 유지로서 우체국 부국장이나 그 비슷한 수준의 사람으로 보였는데 어느 덴마크 소설에나 나옴직한 우스꽝스런 모습이었다. 그는 땀을 뻘뻘 흘리며 열심히 이곳저곳을 바삐 다니면서 자신의 일에 열중했으며 일일이 참견을 했다. 처음에 발끝을 세우고 등장한 그는 끝이 뾰족한 군인용 반장화를 신은 발을 번갈아 교묘하게 움직이며 걸어 다녔고 손을 공중에 휘젓는가 하면 지시를 내리고 악단에게 소리치고 손뼉을 쳐댔다. 그가 움직일 때마다 어깨 위에 붙여놓은 커다랗고 알록달록한 나비 리본들이(그의 지위를 나타내는 것이었다) 팔락거렸는데, 이따금 그는 그것들을 사랑스럽다는 듯 바라보곤 했다.

그렇다, 그들이 그곳에 있었다. 오늘 낮에 햇빛 아래에서 토니오 크뢰거의 앞을 지나간 그들 두 사람이 그곳에 있었다. 그는 그들을 다시 보았다. 그는 두 사람을 다시 알아보는 순간, 두려움에 가득 찬 기쁨을 다시 느꼈다. 한스 한젠은 문 바로 옆 가까운 곳에 있었다. 그는 양쪽 다리를 벌리고 몸을 앞으로 조금 굽힌 채 큼직한 카스텔라 한 조각을 먹고 있었다. 그는 떨어지는 부스러기를 받으려고 손을 동그랗게 오므린 채 턱 아래에 대고 있었다. 그리고 저 안쪽 벽 옆에는 잉게보르크 홀름, 금발의 잉게가 앉아 있었다. 바로 그때 그 우체국 부국장 같은 남자가 제비꼬리를 흔들며 그녀에게 다가가더니 한 손을 등 뒤로 돌리고 다른 손은 우아하게 가슴에 갖다 대면서 그녀에게 정중하게 고개 숙여 춤을 청했다. 하지만 그녀는 숨이 너무 차서 잠시 쉬어야겠다는 표시를 하며 거절했다. 그러자 그 사람은 그녀 곁에 앉았다.

토니오 크뢰거는 전에 그에게 그토록 사랑의 고통을 안겨주었던 두 사람, 한스와 잉게보르크를 바라보았다. 그들이 그들일 수 있었던 것은 그들이 비슷한 특징을 지니고 있거나 비슷한 옷을 입고 있어서가 아니었다. 그것은 그들이 같은 종족이었고 같은 유형이기 때문이었으며 그들의 밝은 존재 방식 때문이었다. 강철같이 푸른 눈에 금발인 그들은 순수성과 명랑함과 차분함을 상기시킴과 동시에 자신만만함, 단순함, 접근하기 어려운 냉담함을 느끼게 해주었다.

그는 그들을 바라보았다. 한스 한젠은 전보다 더 늠름해 보였으며 선원 복장을 입은 그의 몸매, 떡 벌어진 어깨, 잘록한 허리는 훨씬 건장해 보였다. 토니오 크뢰거는 잉게보르크를 바라보았다. 그녀는 명랑한 표정으로 고개를 옆으로 젖히고 있었다. 그리고 그녀의 손, 특별히 아름답지도 않고 특별히 섬세하지도 않은 그녀의 소녀 같은 손을 그녀가 뒷목덜미에 갖다 대는 바람에 가벼운 소맷자락이 팔꿈치 쪽으로 가볍게 미끄러져져 내렸다. 그러자 갑자기 향수(鄕愁)가 밀려와 고통스럽게 그의 가슴이 저려왔고 그는 일그러진 자신의 얼굴을 누군가 볼까봐 자신도 모르게 어둠 속으로 물러났다.

그는 생각했다.

　'내가 너희들을 잊고 있었던가? 아니다, 결코 그런 적은 없었다. 나는 한스, 너를 잊은 적도 없고, 너, 금발의 잉게를 잊은 적도 없다. 나는 너희들을 위하여 작품을 썼으며 내가 박수갈채를 받을 때면 혹시 너희들이 그 자리에 있는지 주위를 살펴보곤 했다……. 한스 한젠, 너는 네 집 앞에서 약속한 대로 『돈 카를로스』를 읽었느냐? 읽지 말아라! 더 이상 그것을 요구하지 않겠다. 외로워서 우는 왕이 너와 무슨 상관이 있겠느냐? 우울한 시나 생각들로 인해 네가 흔들리거나 네 눈이 흐려져서는 안 된다……. 너처럼 될 수 있다면! 다시 한번 시작해서 너처럼 올바르고 명랑하고 단순하고 정상적으로, 규칙과 질서에 맞춰 신과 세계의 동의하에, 아무 걱정 없는 사람들, 행복한 사람들의 사랑을 받으며 자랄 수 있다면, 잉게보르크 홀름, 너를 아내로 맞아 한스와 닮은 아들을 낳을 수 있다면, 인식의 저주와 창조의 고통에서 벗어나 지극히 평범한 삶의 축복 속에서 살고 사랑하고 기뻐할 수 있다면! 처음부터 다시 시작한다? 하지만 그래봤자 아무 소용이 없을 것이다. 여전히 똑같은 일이 반복되어 일어날 테니까. 어떤 존재들은 필연적으로 길을 잃고 헤매게 되어 있으니까. 그들에게 참된 유일한 길이란 것은 존

제8장

127

재하지 않으니까.'

음악이 그쳤다. 휴식 시간이 되었고 가벼운 간식들이 들어왔다. 부국장은 몸소 쟁반에 청어 샐러드를 들고 이리저리 바삐 돌아다니며 여자들에게 권했다. 그는 잉게보르크 앞에서 한쪽 무릎을 꿇고 접시를 내밀었고, 그녀는 너무 기쁜 나머지 얼굴을 붉혔다.

그런데 이제 홀 안에 있던 사람들이 유리문 아래 서서 구경하고 있는 사람을 주목하기 시작하고는 발갛게 달아오른 귀여운 얼굴들이 그를 향해 놀랍고 의아한 눈길을 던졌다. 하지만 그는 여전히 그 자리에 꼼짝 않고 있었다. 동시에 잉게보르크와 한스도 경멸기가 뒤섞인 완전히 무관심한 시선으로 그를 흘낏 바라보았다. 그런데 갑자기 그는 홀 어디선가 그를 찾는 것 같은 시선 하나가 자신에게 날아와 머무는 것을 의식할 수 있었다……. 그는 고개를 돌렸다. 그리고 자신에게 머물던 시선과 곧바로 마주쳤다.

그로부터 멀지 않은 곳에 창백한 얼굴에 갸름하고 섬세한 얼굴의 소녀가 서 있었다. 그녀는 별로 춤을 추지 않았으며 남자 기사들은 그녀에게 춤을 청하지도 않았다. 토니오 크뢰거는 그녀가 입술을 꼭 다문 채 벽에 기대고 혼자 앉아 있는 모습을 이미 보았었다.

지금도 그녀는 혼자 서 있었다. 그녀도 다른 여자들과 마찬가지로 맑고 고운 차림을 하고 있었지만 속이 비쳐 보이는 원피스 속으로 깡마르고 볼품없는 어깨가 드러나 보였으며 야윈 목이 빈약한 두 어깨 사이에 너무 깊숙이 박혀 있어서 그 말 없는 소녀가 혹시 불구가 아닌지 의심스러울 정도였다. 그녀는 손가락 끝이 거의 가슴에 닿을 정도로 얇은 장갑을 낀 손을 밋밋한 가슴 가까이 하고 있었다. 그녀는 고개를 숙인 채 촉촉하게 젖은 두 눈을 들어 토니오 크뢰거를 올려다보고 있었다. 그는 고개를 돌려버렸다.

이제 그들, 한스와 잉게보르크는 그와 아주 가까운 곳에 있었다. 한스는 그녀 곁에 앉아 있었고 그녀는 꼭 그의 누이 같았다. 두 사람은 뺨이 발갛게 물든 다른 젊은 남녀에게 둘러싸여 먹고 마시고 잡담하고 즐기고 있었으며 낭랑한 목소리로 서로를 놀리며 장난치고 깔깔 웃었다. 토니오는 왜 조금이라도 이들 가까이 갈 수 없는 것일까? 왜 그들에게 머리에 떠오르는 대로 농담을 하여 그들을 미소 짓게 할 수 없는 것일까? 그러면 그는 행복해질 것이며 그는 진정으로 그러기를 열망했다. 그러면 보다 더 흡족한 기분에 젖어, 그들과 자신 사이에 작은

제8장

129

끈이나마 맺어졌다는 기분을 느끼며 방으로 돌아갈 수 있을 텐데……. 하지만 그에게는 말을 할 용기가 없었다. 언제나 그랬다. 그들은 그를 이해하지 못할 것이며 그의 말을 들으면 놀랄 것이다. 그들의 언어는 그의 언어와 다른 때문이었다.

이제 춤이 다시 시작되려는 모양이었다. 우체국 부국장 같은 사람이 열심히 자신의 역할을 했다. 그는 분주하게 홀 안을 돌아다니며 남자들에게 짝을 고르게 했고, 종업원들의 도움을 받아 의자와 유리잔을 치운 다음 악사들에게 연주를 지시했다. 그리고 어쩔 줄 몰라 우물쭈물하는 사람들의 양어깨를 잡아 밖으로 밀어냈다. 무슨 준비를 하고 있는 것일까? 남녀 네 쌍씩 춤을 출 조가 정해졌다……. 토니오 크뢰거는 끔찍한 추억에 얼굴이 새빨갛게 달아올랐다. 카드리유 춤을 준비하고 있었던 것이다!

음악이 시작되었고 각 커플들이 인사를 한 후 움직이기 시작했다. 우체국 부국장 같은 남자가 지휘를 하고 있었다. 그런데, 오, 맙소사, 프랑스어였다! 그는 비할 바 없이 정확하게 비음(鼻音)을 냈다. 잉게보르크 홀름은 토니오 크뢰거 가까이서 춤을 추고 있었다. 그녀는 토니오 크뢰거 바로 앞에서 여기저기로, 앞에서 뒤로, 발걸음을 떼어 놓기도 하고 빙그르 돌기도 했다.

그럴 때마다 그녀의 머리카락에서인지 혹은 그녀의 보드라운 옷으로부터인지 풍겨 나오는 향기가 이따금 그의 코끝을 스쳤다. 그는 오래된 익숙한 감정에 사로잡혀 눈을 감았다. 그가 지난 며칠 동안 흐릿하게 맛보았던 향기였으며 쓰디쓴 가운데 그를 사로잡았던 감정이었다. 그런데 그것이 지금 다시 그를 달콤한 고통에 사로잡히게 하고 있는 것이다.

도대체 이것이 무엇인가? 열망? 애정? 질투와 자기 경멸? 숙녀들의 물리네! 넌 웃었지, 금발의 잉게여! 내가 물리네를 추자 너는 나를 비웃었고 나를 비참한 웃음거리로 만들었지! 그렇다면 내가 마침내 어느 정도 유명인사가 된 지금도 나를 비웃을 것인가? 그렇다, 너는 비웃을 것이고 그것은 너무나 지당하다. 내가 아홉 곡의 교향곡을 작곡하고, 『의지와 표상으로서의 세계』(쇼펜하우어의 대표작 - 옮긴이 주)를 쓰고 〈최후의 심판〉을 그렸다 하더라도 너는 영원히 나를 비웃을 것이다…….

그는 잉게를 바라보았다. 그러자 그에게 그토록 친숙하면서도 오랫동안 떠오르지 않았던 시 구절이 문득 생각났다.

'나는 잠을 자고 싶다. 그런데 그대는 춤을 추어야 하는구나!'

그는 이 우울한 북방의 감정에 대해서, 이 짧은 말속에 표현되고 있는 어색한 깊은 감정에 대해 잘 알고 있었다. 잠을 잔다는 것……. 그것은 억지로 행동을 하거나 춤을 추어야 한다는 의무에서 벗어나 오로지 그대 안에서 감미롭고 나른하게 쉬고 있는 감정에 충실하게 살 수 있기를 열망한다는 것……. 그런데도 춤을 추어야 한다는 것, 사랑을 하면서도 춤을 추어야 한다는 것이 그 얼마나 굴욕적인지를 전혀 잊지 않은 채 이 어려운 춤, 예술이라는 이 어렵고도 위험한 춤을, 민첩하게, 그리고 주의 깊게 추어야 한다는 것…….

갑자기 모든 사람들이 미친 듯 자유분방하게 움직이기 시작했다. 카드리유의 조가 해체되고 모두가 펄쩍펄쩍 뛰고 미끄러지면서 사방으로 흩어졌다. 갤럽 춤으로 카드리유를 끝맺으려 하고 있었던 것이다. 남녀 커플들이 미친 듯 빠른 템포의 음악에 맞춰 토니오 크뢰거 곁을 스쳐 지나갔다. 그들은 숨찬 웃음을 터뜨리며 서로를 뒤따르며 급히 뛰어가고, 다른 커플을 추월하기도 했다. 그런데 그중 한 쌍이 전체가 빙글빙글 돌고 있는 가운데 토니오 가까이 다가왔다. 그 커플의 여자는 가냘프고 창백한 얼굴에 어깨뼈가 삐죽 솟은 그 아가씨였다. 그런데 갑자기 바로 토니오 앞에서 그 아가씨가 발을 헛디뎌 미끄러지더니 그대로 넘어졌다……. 창백한 얼굴의 소녀가 땅에 넘어진 것이다. 어찌나 심하게 넘어졌는지 위험해 보일 정도였으며 그녀의 남자 파트너도 함께 넘어졌다. 그는 몹시도 아팠는지 파트너도 잊을 정도였다. 그는 간신히 상반신을 일으키더니 얼굴을 찌푸린 채 무릎을 문지르기 시작했다. 소녀는 정신을 잃었는지 여전히 마룻바닥에 누워 있었다. 토니오가 앞으로 나서서 조심스럽게 그녀의 팔을 잡고 그녀가 일어날 수 있도록 도와주었다. 기운이 다 빠진 그녀는 당황한 가운데 눈을 들어 그를 바라보았다. 갑자기 그녀의 섬세한 얼굴에 연한 홍조가 떠올랐다.

"고맙습니다, 오, 정말 고맙습니다." 그녀가 눈물이 글썽거리는 검은 눈으로 그를 올려다보며 덴마크어로 말했다.

"아가씨, 이제 춤은 그만 추시지요." 그가 부드럽게 말했다.

이어서 그는 다시 눈길로 그들, 한스와 잉게보르크를 찾은 후에 그곳을 떠났다. 그는 베란다와 홀을 지나 자신의 방으로 갔다.

그는 자신이 참석하지도 않은 이 축제에 도취되어 있었고 질투에 몸이 지쳐 있었다. 옛날과 같았다. 정말 완전히 똑같았다! 그때도 그는 어두운 구석에 서 있었고, 얼굴이 달아올랐으며, 너희들, 금발의 아름다운 너희들, 너희들, 살아 있는 자들, 행복한 자들 때문에 고통스러웠으며 혼자 그곳을 떠났었다! 이제 누군가가 뒤따라 와주어야 한다. 잉게보르크가 와야 한다. 내가

제8장

133

그곳에 없는 것을 알아차리고 소리 없이 그의 뒤를 따라와 그의 어깨에 손을 얹고 그에게 이렇게 말해야 한다.

"자, 우리와 함께 돌아가자. 기분을 풀고……. 너를 사랑해."

하지만 그녀는 오지 않았다. 그런 일은 절대로 일어나지 않는다. 그렇다, 그때와 똑같았으며 그는 그때와 똑같이 행복했다. 그의 가슴이 살아 있던 때문이다. 하지만 지금의 그가 되기까지 내내 무슨 일이 벌어졌던 것일까? 무엇이 존재했던 것일까? 그것은 마비였고, 공허였으며 얼음장 같은 차가움이었다. 그리고 정신! 그리고 예술!

그는 옷을 벗고 자리에 누운 다음 불을 껐다. 그는 베개에 대고 두 이름을 나직이 중얼거려 보았다. 이 북국의 몇 음절, 정숙한 이 음절들은 그에게 그가 사랑하고 고통 받고 행복하기 위한 그만의 기본적인 방법을 상징하고 있었으며 그것들은 삶을 환기했고 단순하면서도 깊은 감정, 즉 고향을 환기하는 것들이었다. 그는 그가 고향을 떠난 날로부터 지금까지 흘러온 세월을 상상 속에서 되짚어보았다.

그는 그의 감각과 신경과 사고들이 겪은 슬픈 모험들에 대해 생각했다. 그리고 아이러니에, 성찰에 잠식당한 자신의 모습을, 인식에 의해 텅 비어버리고 마비되어버린 자신의 모습을,

창조적 활동의 열기와 떨림에 의해 반쯤 녹초가 되어버린 자신의 모습을 보았다. 극단적인 두 성향 사이에서, 성스러운 것과 관능적인 것 사이에서 우유부단하게 찢긴 채 양심의 가책을 받으며 정제된, 빈약해진 자신의 모습, 인위적으로 유발한 차가운 흥분으로 지쳐버린 자신의 모습, 길을 잃고 분노하고 있으며 고통 받고 있고 병들어 있는 자신의 모습을 보았다. 그는 후회와 향수에 젖어 흐느꼈다.

그의 주변은 온통 어둡고 조용했다. 그러나 저 아래로부터 세 박자로 리듬이, 감미로우면서 통속적인 삶의 리듬이 그를 요람처럼 흔들며 희미하게 울려왔다.

제9장

토니오 크뢰거는 북쪽 나라에 머물면서 약속했던 대로 여자 친구인 리자베타 이바노브나에게 편지를 썼다.

내가 곧 돌아갈, 저 남쪽 아르카디아(원래 그리스 펠로폰네소스 반도의 한 지역을 일컬음. 여기서는 뮌헨을 의미 – 옮긴이 주)에 있는 사랑하는 리자베타에게,

이제야 편지 비슷한 것을 씁니다. 하지만 당신을 분명히 실망시킬 것이, 그냥 일반적인 이야기만 쓰게 될 것이기 때문입니다. 이야깃거리가 전혀 없거나 사건다운 사건을 겪지 않아서가 아닙니다. 예를 들어 고향에서 경찰에게 체포당할 뻔한 일도 있었습니다……. 하지만 그 이야기는 만나서 직접 전해주

도록 하겠습니다. 요즈음 그런 식으로 겪은 이야기를 들려주기
보다는 뭔가 일반적인 생각을 적절하게 표현해보고 싶은 생각
이 드는 날이 많습니다.

리자베타, 언젠가 당신이 나를 가리켜 시민이라고, '길을 잘
못 든 시민'이라고 불렀던 것을 기억하겠지요? 내가 무심결에
해버린 이런저런 고백들 끝에 내가 이른바 '삶'이라고 하는 것
을 사랑한다는 고백까지 하게 되었을 때 당신이 해준 말이었습
니다. 당신이 해준 말을 떠올리면서 나는, 당신이 정말로 옳은
말을 했다는 것을 과연 당신이 알고 있었는지, 나의 시민성과
'삶'을 향한 나의 사랑이 하나이며 같은 것이라는 사실을 과연
당신이 알고 있었을지 궁금해집니다. 이번 여행은 내게 그 문
제에 대해 곰곰이 생각해볼 기회를 주었습니다.

당신도 알고 있겠지만 나의 선친은 북쪽 지방 기질을 가지
신 분이었습니다. 청교도 정신에 입각해서 생각이 많고 또한 깊
으셨으며 정확하셨습니다. 그리고 자주 우수에 빠지곤 하셨지
요. 반대로 어머니는 불확실한 이국적 피를 물려받아 아름답고
관능적이셨으며 순진하셨습니다. 그리고 무사태평에 정열적이
었고, 가볍게 충동에 잘 빠지는 분이셨습니다. 그 둘이 혼합되
면 아주 예사롭지 않은 가능성, 혹은 예사롭지 않은 위험을 낳

게 되리라는 것은 자명한 일이지요. 그 결과 나온 것이 바로 예술의 세계로 길을 잘못 든 시민, 건전한 생활 방식에 대한 향수를 지닌 보헤미안, 양심의 가책에 시달리는 예술가인 것입니다. 바로 그 시민으로서의 양심이 나의 예술 활동 안에서, 상궤에서 벗어난 모든 것들 안에서, 예술적 천재성 안에서, 뭔가 대단히 마음을 불편하게 만드는 것, 뭔가 깊이 의심스러운 것이 들어 있음을 알아차릴 수 있게 해줍니다. 또한 그 양심은 나를 보다 단순하고 순진한 것, 편하고 정상적인 것, 천재성이 결여된 것, 이치에 맞는 것을 향한 사랑으로 온통 흔들리게 만들어버립니다.

나는 두 세계 사이에 있고, 그 어느 세계 안에서도 마음이 편하지 않습니다. 따라서 '삶'이라고 하는 것 자체가 제게는 어느 정도 고통입니다. 당신 같은 예술가들은 나를 '시민'이라고 부르고 시민들은 나를 체포하려 합니다……. 둘 중 어느 편이 내게 더 잔인한 상처를 입히는지는 모르겠습니다. 시민들은 우매합니다. 하지만 당신들, '미(美)'의 찬미자인 당신들, 나를 정열적이지 못한 인간, 열망이 없는 인간으로 판단하는 당신들이 생각해야 할 사실이 있습니다. 이 세상에는 태어날 때부터 운명적으로 너무 깊이 뿌리박혀 있어서 도저히 어찌할 수 없는 그 어떤 독특한 예술가적 기질이 존재한다는 사실입니다. 바로 평범한 삶이 주는 기쁨을 열망하는 것보다 더 달콤하고 더 가치가 있는 열망은 없는 것처럼 보이는, 그런 예술가적 기질 말입니다.

나는 위대하면서 동시에 악마적인 '미'로 인도하는 길에 나선 저 자부심과 냉정함에 가득 찬 사람들, '인간들'을 경멸하는 사람들을 찬양합니다. 하지만 그들을 부러워하지는 않습니다. 한 사람의 글쟁이를 진정한 시인으로 만들어줄 수 있는 것은 바로 인간적인 것, 살아 있는 것, 일상적인 것을 향한 '시민적 사랑', 바로 내가 느끼고 있는 그 사랑이라고 생각하기 때문입니다. 이 사랑으로부터 온갖 따뜻함, 온갖 선량함, 온갖 유머가 나오며, 그 사랑은 '내가 사람의 방언과 천사의 말을 할지라도 사랑이 없으면 소리 나는 구리와 울리는 꽹과리와 같으니라'(「고린도 전서」 13장 1절)라는 성서 말씀에서의 사랑과 같은 것이라고 말하고 싶을 정도입니다.

내가 지금까지 한 일은 별것 없으며 대단하지도 않습니다. 아니 하나도 없다고 하는 편이 옳을지도 모릅니다. 리자베타, 이제 나는 보다 나은 작품을 쓸 겁니다. 이건 하나의 약속입니다. 지금 편지를 쓰고 있는 순간에도 바닷물이 철썩거리는 소리가 들려옵니다. 나는 눈을 감습니다. 나는 나의 시선을 아직 태어나지 않은 세계, 태어나게 될 세계, 아직 어렴풋이 밑그림만 보이지만 체계를 잡아 형태를 갖추게 될 그 세계에 깊이 담급니다. 일군의 인간 모양을 한 군상들의 그림자들이 움직이는 것이 보입니다. 그들이 그리로 와달라고, 그들을 해방시켜 달라는 내게 손짓을 합니다. 비극적인 그림자들도 있고 우스꽝스러운 그림자들도 있으며 두 모습을 동시에 드러내는 그림자들도 있습니다. 나는 그 그림자들을 특히 사랑합니다. 하지만 나의 가장 깊고 은밀한 사랑은 금발과 파란 눈을 한 사람들, 밝고 생기가 넘치는 사람들, 행복한 사람들, 사랑스러운 사람들, 평범한 사람들을 향하고 있습니다.

리자베타, 나의 이 사랑을 비난하지 말아요. 그 사랑은 선량한 사랑이며 풍요로운 결실을 약속하는 사랑입니다. 그 사랑은 고통스러운 열망, 우수에 젖은 그리움, 약간의 경멸과 아주 순수한 행복감이 함께 깃들어 있는 그런 사랑입니다.

토니오 크뢰거

『토니오 크뢰거』를 찾아서

　토마스 만(Thomas Mann, 1875~1955)의 『토니오 크뢰거』는 긴 장편이 아니라 비교적 짧은 중편 소설에 해당된다. 하지만 이 작품에는 인간의 근본적인 삶의 형태들이 그 기본 특징과 함께 몇 줄로, 몇 장면으로 압축 표현되고 있어 작품의 길이와 상관없이 읽는 이를 아주 길고, 깊은 생각에 잠기게 만든다. 하지만 이 자리는 길게 작품을 분석하거나 그 깊은 생각을 뒤따를 만한 곳이 아니다. 우리도 작가처럼 압축적으로 극명하게 대비되는 두 생각을 대비시켜 살펴보는 것으로 만족하기로 하자. 바로 문학, 혹은 예술에 대한 두 갈래 생각이다.

　"천직 같은 이야기는 하지 말아요, 리자베타 이바노브나!

문학은 천직이 아니라 저주입니다." (59쪽)

"문학이 지닌 정화 작용, 정신을 신성하게 만드는 힘, 인
식과 표현에 의해 정염을 가라앉히는 작용, 언어가 지닌
해방의 힘 같은 것에 대해 말하는 것, 문학을 이해와 용
서와 사랑으로 이끄는 작용을 하는 것으로, 문학의 정신
을 인간 정신의 가장 고결한 표명으로, 작가를 가장 완전
하고 신성한 존재로 간주하는 것, 그것 또한 문학을 다른
관점으로 섬세하게 보는 태도가 아닐까요?" (64쪽)

만일 누군가가 문학이란 무엇인가? 예술이란 무엇인가? 라
는 질문을 여러분에게 던졌다고 치자. 여러분은 열이면 열, 두
번째 인용문의 손을 들어주었을 것이다.

문학이 그러한 긍정적인 기능을 갖고 있으며, 만일 당신이
시인으로서, 혹은 예술가로서의 재능을 타고 났다면 가히 축복
을 받을 만한 일이며 시인이나 예술가는 축복 받은 존재가 된
다. 그런데 『토니오 크뢰거』에서 토니오 크뢰거 자신은 '문학은
천직이 아니라 저주입니다'라고 말한다. 왜 그런 말을 하는 것
일까?

실은 토마스 만 이전에 스스로를 '저주 받은 시인'이라고 칭한 사람이 있었다. 바로 19세기 프랑스의 상징주의 시인 보들레르이다. 보들레르가 자신을 저주 받은 시인이라고 칭한 이유는 그의 꿈과 이상이 너무 높아서이다. 그 뜻을 제대로 이해하기 위해서는 그의 시 한 편을 인용해야만 한다. 바로「알바트로스」라는 시이다.

알바트로스

선원들은 이따금 심심풀이로

여행의 무심한 동반자로서

심연 위를 미끄러지는 배를 뒤따르던

거대한 바닷새 알바트로스를 붙잡는다.

그들이 새를 갑판 위에 내려놓자마자

이 불편해지고 치욕에 사로잡힌 창공의 왕은

그 거대한 흰 날개를

마치 노처럼 비참하게 질질 끄는구나.

아, 날개 달린 여행자여, 그는 얼마나 어색하며 무기력한가!

그토록 아름답던 그는 그 얼마나 우스꽝스럽고 추한가!

어떤 자는 파이프로 부리를 건드리고

어떤 자는 하늘을 날던 그 불구자의 절름거리는 걸음을

흉내 낸다.

시인은 이 구름의 왕자를 닮았으니

폭풍우를 넘나들며 사수(射手)를 비웃던 그가

지상에 유배된 채 야유에 휩싸여

그의 그 거대한 날개가 걷기조차 방해하는구나.

위의 시에서 보자면 시인은 일반인들과 달리 거대한 날개를 달고 있는 알바트로스 같은 존재이다. 남들이 달고 있지 않은 날개를 달고 있으니 분명 축복 받은 존재이다. 그런데 그 축복이 왜 저주로 바뀌는 것일까? 바로 그 거대한 날개 때문이다. 바로 그 축복 때문이다. 거대한 날개를 달고 있으니 저 창공을 훨훨 날아 다녀야 마땅할 존재가 지상에 유배되었기에 오히려 그 축복이 저주가 된다. 보들레르는 위의 시에서 창공을 유유히 날던 알바트로스가 선원들에게 잡혀 노리개가 되듯이 시인을 지상에 유배되어 조롱받는 존재로 그리고 있다. 그 때 그 축복, 그 거대한 날개는 오히려 걷기조차 방해하는 장애물이 된다. 시인으로서 타고난 영감, 꿈, 재능 등은 오히려 이 지상에서 편히 지내는 것을 방해하는 거추장스러운 것이 되고 만다. 한 마디로 말한다면 자신의 이상, 꿈이 크기에 이 속세의 인간들처럼 지상의 삶을 쉽게 누릴 수 없는 이방인이 된 것이며 그것이 바로 보들레르가 '저주 받은 시인'이라는 표현을 쓴 이유이다.

『토니오 크뢰거』의 주인공 토니오 크뢰거가 느끼는 것도 바로 그 이방인 의식이다.

'나는 도대체 왜 이렇게 유별난 아이일까? 왜 사람들과는 충돌만 하고 선생님들과는 사이가 좋지 않으며 친구들 사이에서는 낯선 이방인처럼 되는 걸까? 성실하고 평범한 아이들을 보라지. 걔들은 선생님을 우습게 보지도 않고 시도 쓰지 않으며 모든 사람들이 하는 생각, 모든 사람들이 큰 소리로 말할 수 있는 것만 생각할 뿐이다. 다른 사람들과 편하게 지내며 같은 의견을 나누고 있다! 그렇게 지낸다면 정말 기분 좋을 텐데……. 그런데 나는 이

게 뭐야? 앞으로 어떻게 되자는 거지?' (16쪽)

그런데 보들레르의 「알바트로스」에서의 이방인 의식과 『토니오 크뢰거』에서의 주인공의 이방인 의식은 확연히 다르다. 「알바트로스」에서의 알바트로스(시인)의 시선은 여전히 저 창공을 향하고 있다. 그는 아예 이곳 태생이 아니다. 그 날개 달린 시인, 그러나 날지 못하는 시인에게는 시인만 저주 받은 것이 아니라, 시인을 가두어 놓은 이 땅도 저주받은 지옥이다. 부정의 극치이다.

그런데 토니오 크뢰거의 시선은 저 하늘을 향하고 있지 않다. 그는 시인이기에 불행하고, 그 무엇도 확신할 수 없으며 고통 받고 있고 고독하다. 그런데 그런 존재의 눈길이 향하는 곳, 그가 열망하는 것은 한스와 잉게의 삶, 깊은 성찰도 없고, 자신의 삶에 대한 인식도 없으며 꿈도 없는 삶, 개인적 본능과 사회적 규범에 맞추어 사는 삶이다.

'아, 너처럼 푸른 눈을 가졌다면! 너처럼 번듯하게, 너처럼 온 세상과 조화를 이루며 살 수 있다면! 너는 언제나 분별 있게 행동하고 모든 사람들이 그런 너를 칭찬한다.

너는 숙제를 마치면 승마 교습을 받거나 톱을 가지고 작업을 하지. 방학이 되어 바닷가에 있을 때에도 노를 젓고 돛단배를 다루거나 수영을 하면서 바삐 보내지. 나는 게으름뱅이처럼 모래사장에 누워 멍하니 몽상에 잠긴 채 수면 위에서 벌어지고 있는 그 변화무쌍하고 신비스러운 자연의 조화(造化)에 넋을 잃고 있을 뿐인데…… 네 눈이 그렇게 맑은 건 그 때문일 거야. 아, 너처럼 될 수 있다면…….' (17~18쪽)

토니오는 절대로 그들과 같은 삶을 살 수 없지만 그 삶을 외면하지 못한다. 그래서 그는 도저히 '속세적인 삶', '시민으로서의 삶', '인간적인 삶'을 누릴 수 없는 저주를 받았으면서도 동시에 그 고통을 안은 채 '인간적인 예술가'가 된다. 작품에 나오는 '길을 잘못 든 시민'이라는 표현은 바로 그런 뜻이다.

나는 전혀 인간적인 것에 동참하고 있지도 못하면서 인간적인 것을 표현한다는 게 죽도록 피곤하다는 이야기를 당신에게 하고 있는 겁니다……. (58쪽)

그가 택한, 아니 그렇게 될 수밖에 없었던 그 길, 예술가로서의 길에 대한 우리의 성찰을 더 이상 길게 하지는 말자. 다만 그는 고통 받을 수밖에 없는 그 길을 가야 한다고, 그게 그의 독특한 기질이라고 말한다.

나는 두 세계 사이에 있고, 그 어느 세계 안에서도 마음이 편하지 않습니다. 따라서 '삶'이라고 하는 것 자체가 제게는 어느 정도 고통입니다. 당신 같은 예술가들은 나를 '시민'이라고 부르고 시민들은 나를 체포하려 합니다……. 둘 중 어느 편이 내게 더 잔인한 상처를 입히는지는 모르겠습니다. 시민들은 우매합니다. 하지만 당신들, '미(美)'의 찬미자인 당신들, 나를 정열적이지 못한 인간, 열망이 없는 인간으로 판단하는 당신들이 생각해야 할 사실이 있습니다. 이 세상에는 태어날 때부터 운명적으로 너무 깊이 뿌리박혀 있어서 도저히 어찌할 수 없는 그 어떤 독특한 예술가적 기질이 존재한다는 사실입니다. 바로 평범한 삶이 주는 기쁨을 열망하는 것보다 더 달콤하고 더 가치가 있는 열망은 없는 것처럼 보이는, 그런 예술가적 기질 말입니다. (138~139쪽)

토니오 크뢰거

그런 후 다음과 같은 아주 긍정적인 발언으로 작품을 맺는다.

나는 위대하면서 동시에 악마적인 '미'로 인도하는 길에 나선 저 자부심과 냉정함에 가득 찬 사람들, '인간들'을 경멸하는 사람들을 찬양합니다. 하지만 그들을 부러워하지는 않습니다. 한 사람의 글쟁이를 진정한 시인으로 만들어줄 수 있는 것은 바로 인간적인 것, 살아 있는 것, 일상적인 것을 향한 '시민적 사랑', 바로 내가 느끼고 있는 그 사랑이라고 생각하기 때문입니다. (……) 내가 지금까지 한 일은 별 것 없으며 대단하지도 않습니다. 아니 하나도 없다고 하는 편이 옳을지도 모릅니다. 리자베타, 이제 나는 보다 나은 작품을 쓸 겁니다. 이건 하나의 약속입니다. 지금 편지를 쓰고 있는 순간에도 바닷물이 철썩거리는 소리가 들려옵니다. 나는 눈을 감습니다. 나는 나의 시선을 아직 태어나지 않은 세계, 태어나게 될 세계, 아직 어렴풋이 밑그림만 보이지만 체계를 잡아 형태를 갖추게 될 그 세계에 깊이 담급니다. 일군의 인간 모양을 한 군상들의 그림자들이 움직이는 것이 보입니다. 그들이 그리로 와 달라고, 그들을 해방시켜 달라는 내게 손짓을 합니다. 비극적인 그림자들도 있고 우스꽝스러운 그림자들도 있으며 두 모습을 동시에 드러내는 그림자들도 있습니다. 나는 그 그림자들을 특히 사랑합니다. 하지만 나의 가장 깊고 은밀한 사랑은 금발과 파란 눈을 한 사람들, 밝고 생기가 넘치는 사람들, 행복한 사람들, 사랑스러운 사람들, 평범한 사람들을 향하고 있습니다.

리자베타, 나의 이 사랑을 비난하지 말아요. 그 사랑은 선량한 사랑이며 풍요로운 결실을 약속하는 사랑입니다. 그 사랑은 고통스러운 열망, 우수에 젖은 그리움, 약간의 경멸과 아주 순수한 행복감이 함께 깃들어 있는 그런 사랑입니다. (139~140쪽)

　정확하지는 않지만 10대 후반, 혹은 20대 초반에 나는 이 작품을 읽고 잠을 이루지 못한 적이 있었던 것 같다. 내가 지금 다시 읽으면서 비교적 훤히 보이는 작가의 내면을 그때 제대로 읽었을 리 만무하다. 젊음의 객기, 허영이었을까? 때로는 허영과 객기도 사람을 잠 못 이루게 할 수 있는 것일까? 아니면 내 속에 이 작품에서 묘사되고 있는 예술가적 기질의 일말이나마

들어 있기 때문일까? 모르겠다. 하긴 이문열도 이 소설을 자신이 누구인지를 인식하게 해준 소중한 소설이라고 썼다. 그리고 지금도 '길을 잘못 든 속인'(나는 속인 대신 시민이라고 번역했다. 속인에는 너무 경멸적인 의미가 들어 있다)이란 말을 자주 중얼거린다고 썼다(『이문열 세계명작산책 3』, 살림, 179~181쪽).

나는 요즘 그런 예술가로서의 고민을 하는 젊은이가 별로 많지 않으리라고 생각하는 편이다. 누가 그런 불편한 고민을 감수하겠는가? 하지만 그런 진지한 고민은 한 개인의 삶이 의미가 있는 것이 되기 위해서, 더 나가 한 사회가 건강해지기 위해 꼭 필요하다고 나는 생각한다. 꼭 예술가로서의 고민이 아니라도 상관없다. 굳이 예술가, 작가가 되려 하지 않더라도 의미 있는 삶을, 나와 나를 포함하고 있는 이 세상을 사랑하는 삶을 살기 위해서라면, 특히 젊은이라면, 한번 해봄직한, 아니, 꼭 해야만 하는 고민이 아닐까?

토마스 만은 북부 독일의 한자도시(Hansastadt, 한자 동맹: 13~17세기에 독일 북쪽과 발트 해 연안에 있는 여러 도시 사이에서 이루어졌던 연맹-옮긴이 주) 뤼벡의 부유한 집안에서 태어났다. 뤼벡의 참정의원을 지낸 아버지 토마스 요한 하인리히 만은 냉철한 사고를 지난 도덕적

인물이었으며 독일인과 브라질인의 혼혈인 어머니 율리아 만은 감각적이고 자유분방한 성격이었다. 토마스 만이 17세 되던 해에 아버지가 사망하자 경제적으로 어려워진 가족은 뮌헨으로 이사했다. 잠시 보험회사 견습 사원으로 일하던 토마스 만은 뮌헨 대학에 청강하면서 문학에의 길을 준비했고 쇼펜하우어, 바그너, 니체 등에 심취했다. 그가 문학에 심취했던 19세기 말과 20세기 초는 문학적으로나 사상적으로나 격랑의 시기였다. 문학에서는 신고전주의·인상주의·신낭만주의·상징주의뿐 아니라 표현주의·초현실주의·다다이즘 등이 다양하게 밀어닥치고 있었고 프로이드의 정신분석학, 마르크시즘이 맹위를 떨치고 있었다. 한편 20세기와 함께 발발한 제1차 세계대전은 지식인들을 반성과 논쟁과 모색의 소용돌이에 빠지게 만들었다. 토마스 만은 그러한 정치사회적·사상적 소용돌이 속에서 굳건하게 민주주의의 길을 옹호했다.

1933년 히틀러가 정권을 잡자 토마스 만은 외국으로 망명길에 올랐다. 그는 독일을 떠나 네덜란드, 벨기에, 프랑스를 거쳐 스위스의 취리히 호반에 거처를 정하고 머문다. 1938년 그는 미국으로 망명을 하고 1949년 괴테 탄생 200주년 기념 강연을 위해 독일 땅을 밟을 때까지 독일로 돌아오지 않았다. 그는 미국에서 매카시즘 열풍이 휘몰아치던 1952년 미국을 떠나 스위스에 거처를 정한 뒤 3년 후인 1955년 삶을 마감했다.

　그는 1900년에 『부덴브로크가의 사람들』을 출간하며 1903년에 『토니오 크뢰거』를 발표했다. 그가 28세 되던 해였으며 『토니오 크뢰거』는 『부덴브로크가의 사람들』과 짝을 이루는 작품이면서 동시에 그때까지의 작가의 삶을 온전히 반영하고 있는 것으로 알려져 있다. 그는 1929년 『부덴브로크가의 사람들』로 노벨 문학상을 수상했다. 하지만 그는 『마의 산』이 없었다면 노벨 문학상을 받지 못했으리라 생각했고, 프랑스 작가 앙드레 시느가 축전을 보내면서 자신은 『부덴브로크가의 사람들』보다 『마의 산』을 더 높이 평가한다고 쓴 사실은 널리 알려져 있다.

　그는 37세 때인 1912년 죽음에 매혹된 한 예술가의 삶을 그린 「베네치아에서의 죽음」을 발표하며 이듬해인 1913년부터 『마의 산』 집필을 시작해서 1924년에 출간한다. 애당초 「베네치아에서의 죽음」의 속편으로서 짧게 구상했던 『마의 산』은 집필 도중 분량이 늘어나 대작이 된다. 훗날 미국에서 영문판 『마의 산』은 베스트셀러가 되었고 독일에서도 4년간 10만 부가 팔렸으며 세계 27개국에서 번역되었다.

1933년 4부작 연작 소설 『요셉과 그 형제들』의 제1부 「야곱 이야기」를 발표하고 바로 그 해에 히틀러가 수상이 되자 그는 스위스로 망명한다. 이후 1934년 『요셉과 그 형제들』의 제2부인 「청년 요셉」을, 1936년 제3부인 「이집트에서의 요셉」을, 1943년(미국 망명 중) 제4부인 「부양자 요셉」을 발표함으로써 4부작을 완성했다.

그는 노년에도 작품 활동을 그치지 않고 72세 되던 해인 1947년 『파우스트 박사』를 간행하고 이후에도 중·단편들을 계속 발표했다.

그는 생애 내내 반파시즘 투쟁을 그치지 않았고 히틀러 타도를 위해 4년 6개월 동안 매월 한 번 '독일 청취자 여러분'이라는 제목의 논평을 영국 BBC라디오에서 계속 방송했다. 또한 1944년 미국 시민권을 획득한 후 프랭클린 루스벨트 대통령 후보의 선거 참모로도 활약했으며 루스벨트는 그해 11월 대통령에 당선됐다. 훗날 루스벨트 대통령이 토마스 만에게 혹시 독일 수상이 될 생각이 있다면 기꺼이 도움을 주겠다고 했으나 토마스 만이 거절했다는 이야기도 전해진다. 한편 미국에 체류하면서 프린스턴 대학에서 강의를 맡은 동안 토마스 만이 아인슈타인과 친교를 맺었다는 사실은 유명하다. 심지어 토마스 만

이 루스벨트 대통령의 오른팔이고 아인슈타인이 왼팔이었다는
이야기까지 전해진다.

토니오 크뢰거

생각하는 힘: 진형준 교수의 세계문학컬렉션 76

펴낸날	초판 1쇄 2022년 6월 20일

지은이	**토마스 만**
옮긴이	**진형준**
펴낸이	**심만수**
펴낸곳	**㈜살림출판사**
출판등록	1989년 11월 1일 제9-210호

주소	**경기도 파주시 광인사길 30**
전화	**031-955-1350**　팩스 **031-624-1356**
홈페이지	http://www.sallimbooks.com
이메일	book@sallimbooks.com

ISBN	978-89-522-4391-1 04800
	978-89-522-3984-6 04800 (세트)

※ 값은 뒤표지에 있습니다.
※ 잘못 만들어진 책은 구입하신 서점에서 바꾸어 드립니다.